『みんな、どいてくれ！
俺たちは村に向かう！』
才能《ギフト》がなくても冒険者になれますか？
～ゼロから始まる『成長』チート～
Can I Become an Adventurer Without GIFT?
4
Author
かたなかじ
Illustrator
teffish

『っ……危ない！』

ドーン！　という大きな音が
土煙とともに周囲に響き渡った。
そこにはオーガキングの攻撃を受け止めた
ハルの姿があった。

「全スキル、発動！」
ハルが持てる全てのスキルが、
剣に集約されていく。

才能《ギフト》がなくても冒険者になれますか？

Can I Become an Adventurer Devoid of GIFT

ゼロから始まる『成長』チート

4

Author
かたなかじ

Illustrator
teffish

口絵・本文イラスト　teffish

Can I Become an Adventurer Without GIFT?

CONTENTS

プロローグ

「なになになに！　あのゼンラインってやつすごいわね！」

大声を出して水晶玉《すいしょうだま》に食いついているのは女神《めがみ》ディオナだった。

ハルやルナリアとともにベヒーモスと戦うゼンラインの力に驚《おどろ》いていた。

「さすがハルさんの心のお師匠《ししょう》様ですね。憧《あこが》れる理由がよくわかります」

セアもゼンラインのことを十分に評価していた。

世界で唯一《ゆいいつ》のSSSランク冒険者《ぼうけんしゃ》であるゼンラインの実力は、女神二人の目から見ても飛びぬけたものであり、これほどの力を持つ冒険者は彼女《かのじょ》たちですら見たことがなかった。

「にしても、あんな場所でベヒーモスが出るなんて思ってもみなかったわ」

「お父様が言っていたように、やはり世界に何かが起こっているみたいです……」

セアは言い知れぬ不安を感じて表情を暗くする。

「な、なによ、セアったら！　そんな落ち込まないで！　大丈夫《だいじょうぶ》、私たちのハルは強いわ。今はまだゼンラインに追いつくことはできないけど、きっとあいつより強くなる。それだけの力と心を持っている。私たちは絶対にあの子のことを信じてあげないと！」

ディオナは握《にぎ》りこぶしを作って立ち上がると、そう強く言い切る。

「そう、ですよね……うん、ハルさんがいるから大丈夫ですね。ルナリアさんもいますし、あの二人ならどんな苦難も乗《の》り越《こ》えられるはずです」

セアは二人がともに戦う姿を思い出し、そして二人の成長と絆《きずな》を考えて、二人が一緒《いっしょ》なら互《たが》いの力を高めることができると考えていた。

「ルナリア……いい子よねえ。にしても、初めてルナリアの両親にハルが会いに行ったのは緊張《きんちょう》したわ。恋人《こいびと》……というわけではないみたいだけど、理解しあえる大事なパートナーの親に会うわけだから、気に入られなかったらと思うと震《ふる》えがくるわね」

「ふふっ、本当にハルさんのお母さんみたいですね。でも、私も気持ちはわかります。ハルさんが成長する姿を見守っているのはすごく楽しいですから！」

手を合わせて優《やさ》しく笑うセアは姉が同じように思っていることを微笑《ほほえ》ましく感じていた。

「まあ、あの子だったら認められるのは当然のことよね……それにしても、次の国でも色々ありそうね……」

「人獣王都グリムハイム、ですか。とても大きな国だから新たな出会いもあるかもしれませんね」

「そうね……」

多くの人が集まる場所、ハルたちにも新しい出会いがあるはずである。

それと同時に新たなる問題や危険も降りかかるのだろうとディオナは心配そうな表情になっていた。

「大丈夫、大丈夫です」

そんな姉の背中に手をあててセアが励《はげ》ます。

「ほら、見て下さい」

「……ふふっ、あの子たち楽しそうね。うん、私たちにできることは信じて見守ることだけ。二人のこれからを見守りましょう……あっ！　もう、いきなり立場のある人に会っちゃったじゃない！　これだから、あの子たちから目を離《はな》せないのよねえ」

気持ちを切《き》り替《か》えたディオナはハルたちの新しい国での活動を笑顔《えがお》で見ていた。

第一話　人獣王都グリムハイム

　ハルとルナリアは魔導《まどう》都市ガンヅバイドを出発し、いくつかの村を経由して、ついに王都グリムハイムに到着《とうちゃく》した。

「……」

　遠くから見えていた王都はかなり大きい――そう理解していた。

　しかし、改めて近づいて見たことで、想像以上の大きさであることを実感したハルはその場に固まり、言葉を失っていた。

「――ハ、ハルさん！」

　そんな彼《かれ》を見たルナリアが慌《あわ》てて声をかけながら肩《かた》を揺《ゆ》するが、彼が正気に戻《もど》るまで数秒の時間を要した。

「……はっ、驚《おどろ》きのあまり時間が止まっていた。にしても、デカいな」

　ぼんやりと門を見上げながらそんなことをハルが呟《つぶや》く。

　近くから見た城壁《じょうへき》は圧倒的《あっとうてき》な存在感と迫力《はくりょく》があり、すっかりその雰囲気《ふんいき》に気圧《けお》されていた。

「ふふっ、べヒーモスと戦った時は全く動じていなかったのに、大きな城壁には驚くんですね」

ふわりと柔《やわ》らかい笑みを浮《う》かべたルナリアは、べヒーモスの攻撃《こうげき》を単身で受け止めたハルを思い出していた。

「いやあ、あの時は必死だったし、それに魔物《まもの》を相手にしたら引くことはできないだろ。俺《おれ》は冒険者なんだから」

そう口にしたハルの横顔は真剣《しんけん》なものであり、ルナリアはそれに見惚《みと》れてしまう。

「でも……人工の巨大《きょだい》構造物ってなんか圧倒されるなあ」

そして、次の瞬間《しゅんかん》に見せたちょっと情けない表情にルナリアは苦笑《くしょう》した。

「ここは人の出入りも多いですし、入り口でのチェックに時間がかかるので、さっそく並びましょう」

ハルたちは少し離れた場所から馬車に乗って城壁を見ていたが、既《すで》に何組かに抜《ぬ》かされており、彼らはもうチェックの列に並んでいた。

「おっと、これはまずいな。俺たちも早く並ぼう」

ハルはファロスに指示を出して、入場の列に並ぶ。

チェックは丁寧《ていねい》に行われているが複数の列があるため、スムーズにチェックが進んでいく。

ハルたちに順番が回ってきたのは、それから十分程度あとのことだったが、二人とも冒険者ギルドのギルドカードを身分証明書として提出し、犯罪歴もないということですぐに通過することができた。

「ここが、人獣王都グリムハイムの中か……なんか、まだ入ったばかりだけど賑《にぎ》わっているな」

ゆっくりと馬車を進ませながらハルは感想を呟いた。

普通《ふつう》の街であれば中心地や市場付近に行かないとそれほど賑わっていないことが多い。

しかし、グリムハイムでは城壁の中に入ってすぐの場所から多くの人が行きかっており、まさに都会といった様相である。

賑わう街の中で二人はどうするか話しながら進んでいく。

「とりあえずは宿を探そうか。そのあとに、街を少し見て回ってから冒険者ギルドに行ってみよう」

「それがいいですね。……その、私たちって冒険者ギルドに行くとついつい依頼《いらい》を受けて、そのまま出かけてしまいますから、ね……」

これまでの自分たちの行動パターンを思い出して、ギルドに近づくのはあとにする――それが二人の選択《せんたく》だった。

「いやあ、いい街だな。活気があってみんなが楽しそうに歩いている」

ハルが言う通り、街の雰囲気は明るく、種族に関係なく人々が楽しそうに話をしている。

街の中を城の騎士《きし》が見回りをしているが、時折立ち止まって住民と談笑《だんしょう》しており、街に溶《と》け込んでいる。

官民一体。性差、種族差に関係なく楽しんでいる様子が見える。

それだけでとても良い雰囲気だということがわかった。

その様子を眺《なが》めながらハルとルナリアはゆっくりと街を見て回る。

ここまでのどの街よりも人が多かったが、急いでいる感じはなく、みんながみんな楽しそうに行き来しているのを見て、ハルもルナリアも自然と笑顔になっていた。

宿を探している二人だったが、入場の際《さい》におおよその場所を確認《かくにん》していたため、すぐに到着することとなる。

「デカいな……」

「大きいです……」

そこは、これまでに宿泊《しゅくはく》したどの宿よりも大きく、ともすればどこぞの貴族のお屋敷《やしき》と見間違《みまちが》うばかりのサイズだった。

大きな両開きの扉《とびら》は開かれており、人の出入りもあるため、馬車を宿の前に停《と》めたハルたちもゆっくりと足を踏《ふ》み入《い》れる。

中は広々としたエントランスがあり、受付のカウンターに店員が数人待機して客の対応をしている。

「と、とりあえず普通の冒険者もいるっぽいから、俺たちも受付に並んでみようか」

「は、はい」

ここまで大きなタイプの宿屋は二人も初めてであり、恐《おそ》る恐るといった様子でカウンターに向かおうとする。

すると、一人の店員が穏《おだ》やかな笑顔と声音《こわね》でハルたちに話しかけてきた。

パリッとした執事《しつじ》服のような清潔感のある服に、手入れの行き届いた涼《すず》しげで爽《さわ》やかな雰囲気を持つエルフの青年だった。

「いらっしゃいませ、どのようなご用件でしょうか？」

「えっと、宿泊したいんだけど……」

一瞬《いっしゅん》構えたハルだったが用件を伝えると、店員は笑顔で誰《だれ》もいないカウンターへと誘導《ゆうどう》する。

「それでは、こちらで宿泊のご案内をいたします」

よく見れば、他のカウンターは全《すべ》て接客中であった。

それゆえに、ハルたちを待たせないように、という彼の心からの行動だと予想される。

スムーズな流れでカウンターの反対側に回ると、彼は宿泊手続きの支度《したく》を既に始めていた。

「え、えっと、とりあえず一泊《ぱく》。状況次第《じょうきょうしだい》でしばらく滞在《たいざい》予定といった感じかな」

ハルの条件を聞いて頷《うなず》いた彼はすぐさま部屋の空きを確認する。

「なるほど、承知しました。部屋は空いているので問題ありません。ただ、宿泊の延長を希望される場合は、できれば本日中に、遅《おそ》くても明日の朝の早いうちにこちらのカウンターで申し出て頂けると助かります」

ハルが出した条件にも柔軟《じゅうなん》に対応してくれることに、二人は好印象を持つ。

「それじゃあ、まず一泊よろしく」

「承知しました。それでは、こちらにご記入を……はい、ありがとうございます。それでは部屋までご案内しますね」

「ありがとう……あっ、そうだ。馬車でここまできて宿の前に停めているんだけど……」

ハルは馬車のことを思い出して店員に伝える。

「承知しました。それでは、先に確認させて下さい。他の者に裏の馬車置き場へ移動させるよう手配しますので」

ハルが馬車の場所を教えると、すぐに別の店員が移動をしてくれる。

馬の扱《あつか》いに慣れているらしく、すぐに馬車置き場へと向かって行った。

その後エルフの店員はハルたちを部屋まで案内し、鍵《かぎ》を渡《わた》してくれる。

「部屋も広いなあ」

「ハルさん、ふかふか！　すごいふかふかですよ！」

中は清潔感に満ちた空間で、二人が過ごしても狭《せま》さを感じないゆとりのある空間だ。

家具は部屋の明るさを損《そこ》なわない落ち着いた雰囲気のものが揃《そろ》えられ、窓から入る日の光が明るく室内を照らしていた。

ハルは部屋の広さに驚き、ルナリアは自分用のベッドに腰掛《こしか》けて思った以上のふかふか具合に喜んでいた。

「おっ、本当だ！　これはいいなあ。ゆっくりと休めそうだ」

ハルも隣《となり》のベッドにごろんと寝転《ねころ》んでベッドの感触《かんしょく》を味わっている。

「これは、気持ちいいです……」

「うん……これは、抗《あらが》えない……」

馬車での移動は二人の身体《からだ》に知らず知らずのうちに負担をかけていたようで、疲《つか》れからかそのままベッドで眠《ねむ》りに落ちてしまった。

数時間後。


「ふわあ……良く寝《ね》た」

「ふふっ、おはようございます」

ハルが目覚めると、ルナリアが挨拶《あいさつ》をしてくる。

彼女は少し先に目覚めてうつぶせのまま笑顔でハルの寝顔《ねがお》を眺めていた。

「起こしてくれればよかったのに……さて、疲れもとれたから冒険者ギルドに行ってみるか」

「そうですね。ふふっ、ハルさんの寝顔可愛《かわい》かったですよ」

「まいったな」

ルナリアは笑顔で、ハルは苦笑しながら宿を出ていく。

宿の店員に冒険者ギルドの場所を確認してあったため、二人は数分でギルドへと到着した。

ギルドが見えて来たところで二人は足を止めて建物を見上げていた。

「デカいな……」

「大きいですね……」

そこで二人は王都に到着した時、そして宿に到着した時と同じようなリアクションをとることとなる。

宿と比べても大きさ負けしていないほどのサイズの冒険者ギルド——そこは出入りする人々も宿以上に多く、賑わっているのがわかる。

大きな建物の真ん中にある広々とした扉が開け放たれ、中の様子が窺《うかが》い知れた。

「さて、行くか……思っていた以上に広く感じるな」

「ですです」

足を踏み入れると、大勢の冒険者たちがいるというのに、不思議と狭いと思わない構造となっている。

これは、天井《てんじょう》を高くすることで空間の広さを感じさせ、更《さら》に空間魔法《まほう》で外観よりも広くスペースがとれるような特別な処置も行われていたためだ。

併設《へいせつ》された酒場では、すっかり出来上がっている冒険者の姿もあった。

また、依頼掲示板《いらいけいじばん》も大きく、たくさん張られた依頼用紙を前に、どの依頼を受けようか話し合っていたり、自分たちに合った依頼を探していたりする冒険者の姿が目に留まる。

「こんなにいるとはなあ」

「ですねえ。すごくたくさんの冒険者の方がいます……！」

二人とも人の多さに圧倒されていた。

これまで彼らが立ち寄ってきたギルドも人が少なかったわけではないが、ここのギルドはそれらと比べても明らかに規模が大きかった。

ホール内は人の声や物音が絶えず聞こえており、二人がやってきても特に気に留めるような冒険者はいない。

「とりあえず、素材の鑑定《かんてい》を頼《たの》もう。素材の買い取りはどこで……」

初めて訪《おとず》れたグリムハイムの冒険者ギルド。

何がどこにあるのかわからずハルが周囲をキョロキョロ見回していると、職員の一人が声をかけてきた。

宿と同じく、冒険者ギルドでも客、つまり冒険者のことを第一に考えており、困っている様子の二人のサポートに入ってくれている。

「あの、初めてこちらをご利用の方だと思われますが、どのようなご用件でしょうか？」

温和な表情の男性。

ハルと同じ人族で、目が開いているかわからないほど細い。

丁寧な声音と物腰柔《ものごしやわ》らかで背筋がピンと伸《の》びている紳士《しんし》然とした男性だった。

加えて、彼の言動から察するにギルドを利用している人物のことを全て記憶《きおく》しているようである。

「素材の買い取りをしてもらいたくて来たんだけど……」

「なるほど、どういったものを持ち込まれたか教えていただいても？」

サイズや希少性によって鑑定する場所を変える必要があるために、簡単な質問で確認していく。

「大きな声では言えないんだけど、ベヒーモス関連の素材を」

ハルが他の人に聞こえないように、職員へ耳打ちをする。

「……承知しました。それではこちらへいらして下さい」

ベヒーモスの素材と聞いた瞬間、男性職員の表情から笑顔が消え、すっと薄《うす》く開いたまなざしは真剣なものへと変化し、別室へと移動することとなる。

案内されたのは、買い取りカウンターの奥《おく》にある扉の向こうだった。

ここへ案内される者も時折いるようで、特別ハルたちの存在が悪目立ちすることはなさそうだ。

入っていった扉の向こうは広大な空間があり、こちらも外から見た以上の広さがある。

「ここは、ギルドホールと同様に空間魔法で作られたスペースで素材の保管や加工を行っています。ささっ、ここを抜けてあちらの部屋へお願いします」

広大な空間の中には更にいくつかの部屋が設置されており、その一つへと案内される。

「この部屋は私に割り当てられた鑑定部屋です。申《もう》し遅《おく》れました、私の名前はチェイサーと申します。当ギルドの主任鑑定人をしております」

ハルたちにたまたま声をかけてくれた職員。

チェイサーがこれまた、たまたま主任鑑定人という立場のある人間であるという、ものすごい偶然《ぐうぜん》もあるものだとハルもルナリアも目を丸くして驚いていた。

「ふふっ、見た目と違《ちが》って主任などという肩書《かたが》きを持っていることに驚かれましたか？さすがにベヒーモスの素材を一般《いっぱん》の職員に任せるわけにはいきませんので、偶然ではありますが、私が声をかけられてよかったです」

「い、いえいえ、チェイサーさんは、その、なんだかとても雰囲気のある方で、主任さんと聞いても不思議ではないです！」

手と首を振《ふ》って否定するルナリアは慌てたようにそう答える。

「ふふっ、それはどうもありがとうございます。それにしても、私もまさかベヒーモスの素材を持ち込まれる方に声をかけるとは思ってもみませんでした。ギルドに就職して数年、主任になってから更に数年経《た》ちますが……数度あった程度ですよ」

手が空いている時にはギルドの案内役を買って出て、何人もの数えきれない冒険者たちを相手にしてきたチェイサーであったが、ハルたちのように若い冒険者がベヒーモスというレア素材を持ち込んだことに驚いていたため、目を細めて小さく微笑んでいた。

元々ベヒーモスはレアな素材であったが、王都の冒険者ギルドまできてわざわざ持ち込むとなると、もしやその中でも……という考えからここに連れてくることにしたようだ。

「俺たちとしても、主任さんに見てもらえるのはありがたい。前のギルドだと、値段をつけるのが難しいと言われてしまったから」

主任鑑定人というチェイサーの肩書きにほっとしながら、苦笑しつつハルは角を取り出した。

前のギルドでの反応から推測するに、恐らく魔《ま》核《かく》のほうが高価なのだろうと考えて、まずは角を見てもらうことにする。

「ほう――この角はすごい……傷がほとんど見当たりません。これほどの美品はそうそうお目にかかれるものではないですね。人も物も多いこの街でもこのランクの角を手に入れるのは難しいはずです」

王都のギルドでなければ値段をつけるのが難しいと言われた。

そんな中、わざわざ来てくれたハルたちのためにも、本気で向き合おうと気合の入った真剣な表情で手袋《てぶくろ》をはめ、目の前に出された素材を念入りに確認していくチェイサー。

その挙動や言動からも、この角が高い評価を得ていることをハルとルナリアは感じていた。

「これなら、最大級の評価をつけられると思います……ちなみにですが、他にも何か素材をお持ちでしょうか？」

角一本だけを出してきたハル。

これほどの角を持っているような冒険者であれば、それ以外にも素材を持っているかもしれないとチェイサーは考えていた。

「なるほど、そこまで予想済みか。だったら、これもお願いしよう」

そう言ったハルが提出したのは、もう一本の角だった。

ルナリアは表情には出していないが、魔核は出さないのかな？　と内心で思いながらハルの動向を窺っていた。

「ふむ、こちらも角ですか……良い状態ですね。こちらも同様の査定結果となります。ですが他にも何かありますよね？」

チェイサーは何か確信しているかのような口調でハルを見てニヤリと笑う。

「――ふう、降参。正解、その通り。とっておきのものがある」

そう言いながらごそごそとカバンを漁《あさ》って、ベヒーモスの魔核を取り出した。

巨大な核はゴトリと音をたててテーブルにのせられる。

「こ、これは……」

さすがのチェイサーも言葉に詰《つ》まった。

人獣王都グリムハイムといえば世界でも有数の大国。

だが、ベヒーモスなどの高ランクの魔物の核が持ち込まれることは稀《まれ》である。

最大の理由として、高ランクの魔物を確実に倒《たお》すとなると弱点を狙《ねら》うのが手っ取り早い。

つまり、核の破壊《はかい》が討滅方法としては一番わかりやすいのだ。

そこを一点集中で狙う方法が最も多くとられる手法だった。

破壊、もしくは傷がついた魔物の核は品質が低いため、利用価値が低く、高値をつけることができない。

しかし、ハルが取り出したベヒーモスの魔核は巨大で、力を秘《ひ》めたように光《ひか》り輝《かがや》いており、なにより傷一つ見当たらなかった。

そしてマジックバッグに入れていたこともあり、品質も保たれている。

「……そ、その、なぜこんな、これほどのものを？」

チェイサーから見ても、二人が圧倒的な力でベヒーモスを倒せるようには見えなかった。

多くの冒険者を見てきたチェイサーは自分の目は鑑定に限らず、人を見る目もあると自負している。

目の前の二人は、見た目以上の強さを持っていることは判断がついていた。

だが、それがベヒーモスを倒すほどのものかというと、それには足りないのもわかっていた。

「俺たちの実力をかなり正確にわかったうえで言っているみたいだな……別に隠《かく》し立《だ》てしているることじゃないから説明できるけど」

ハルはベヒーモスが現れた時のこと、ハルたちが二人ではなく、他の冒険者たちと協力して戦ったこと、最後には強力な冒険者が現れてベヒーモスとの戦いに助力してくれたこと、その結果ハルがとどめをさしたことを話す。

それゆえに、角と核という目玉となる素材を手に入れることができた、と。

「は、はは、そ、そんなことが……その強力な冒険者という方がいたおかげというのはわかりますが、それでもベヒーモスとまともに渡り合《あ》った上にとどめまでさされたとは……私の見る目もまだまだのようです」

さすがにベヒーモスの攻撃を受け止め、最終的にとどめをさすほどの強さを持っているとは思わなかったため、チェイサーは二人の評価を改めることにする。

一度深く頭を下げ、顔をあげた時の彼のハルたちを見る目はそれまでとは違ったものへと改められている。

「まあ、気にしなくていいさ。色々あった結果、みんなの厚意《こうい》でたまたま俺たちが角二本と核を受け取ることになったというわけなんだ。それで、評価をしてもらいたいんだけど……できるか？」

ハルが核を指さすと、驚いていたチェイサーは自分が何のためにここにいるのか思い出して、すぐにチェックを行っていく。

「しかし、これは見れば見るほど見事なものです。これほどのものともなると、ギルドで買い取りするよりもオークションにかけるのも良いと思います……角もセットとなれば、相当な金額が動くことになると思いますが、いかがでしょうか？」

そういわれて、ハルとルナリアは顔を見合わせる。

「あー、どうだろうなあ」

「うーん……ですよね」

ハルの表情は芳《かんば》しくなく、話を振られたルナリアもあまり良い反応を見せない。

「ど、どういうことでしょうか？」

二人の間の反応を見て、何やら二人だけがわかるやりとりがあるようだったが、その真意が読めないため、チェイサーは質問を投げかける。

「ここまで来たのは値段がつけられなかったからというのが一点、それから簡単に買い取りしてもらえると思ったというのも理由の一つなんだ。オークションともなると時間がかかるだろうし、大量の金を俺たちが持っているというのが周囲にわかるのもあまり好ましくないからなあ……」

「ですねえ……」

「な、なるほど……しかし、これほどの素材が埋《う》もれてしまうのは惜《お》しいかと……何か良い方法はないか……」

冒険者であれば、多くの報酬《ほうしゅう》を求めるのが当然だが、確かに二人の言い分も一理あると思いつつ、しかしながらこれほどの逸品《いっぴん》をなかったことにしてしまうのももったいなく、何か良い方法がないかとチェイサーは考えている。

彼らのそれは報酬に対してのこだわりをみせない、高ランクの冒険者のソレに近かった。

考え込むように唸《うな》るチェイサーはなんとか、この素材を世に出せないものかと思案を始める。

「――おうおう、何か面白《おもしろ》そうなことをやっているな！」

バタンと大きな音をたてて扉が開いたと同時に、大きな声で高齢の男性が入ってくる。

高齢と言っても、真っ白な髪《かみ》の色や顔の皺《しわ》からそう推測しただけであり、筋骨隆々《りゅうりゅう》で迫力のある男性だった。


「っ……ギ、ギルドマスター⁉　なぜこのような場所に？」

チェイサーも彼の登場は予想していなかったようで、目を丸くして驚いている。

「お前が冒険者を連れて中に入っていったと聞いてな。こいつは何かあるんじゃないかと思って来てみたんだが……案の定すげーものがあるじゃねーか‼」

ずかずかと豪快《ごうかい》な足取りで中に入ってきたギルドマスターがベヒーモスの素材を見てニンマリと笑う。

それはまるで新しいおもちゃを見つけた子どものような笑顔だった。

「これは、そこの坊主《ぼうず》と嬢《じょう》ちゃんが持ってきたのか？」

「は、はい、そうなんですが、その坊主とか嬢ちゃんという言い方は……」

ギルドマスターの物言いにチェイサーが注意を促《うなが》す。

「はっはっは、確かにそうだ！　こんなすげえものを持ち込んだ二人に向かって失礼だった。悪かったな、俺はここのギルドマスターのドラクロだ。お前たちの名前も聞かせてもらってもいいか？」

どんと胸を張り、晴《は》れ渡るような笑顔を見せながら質問するドラクロ。

その様子は嫌《いや》みがなく、カラッとした態度だった。

「俺はハル、Cランク冒険者だ」

「私はルナリアです。同じくCランク冒険者です」

ハルたちもそれがドラクロの素だということは感じ取れたため、特に気にした様子もなく答える。

その返答を聞いて再びドラクロがニヤリと笑う。

「なるほどなあ、それであんたたち二人がこの素材を持ってきた、と。こいつは鑑定が専門じゃない俺の目からみても相当な代物《しろもの》だ。どうしてCランク冒険者が？　なんて野暮《やぼ》な質問はどうせチェイサーがしただろうから、俺の興味はこいつをこれからどうするか、につきる！」

どうしていくのか楽しみで仕方ないというドラクロのその言葉に、ハルもルナリアも、そしてチェイサーも考え込んでしまった。

「そうなんです。どれもが傷などがほとんどない、とても素晴《すば》らしいものです。ですが、問題があります。角のほうは当ギルドでも最大級の金額を用意することが可能です。しかし、核のほうは……それが難しいのです。お二人の希望では、大金を持っているというのが外にわかるのも好ましくないとのことでして……」

難しい表情でチェイサーが言うのを聞いて、ドラクロも状況《じょうきょう》を理解する。

「なるほどな……確かに、その核はやばそうだ。いちギルドがどうこうできる代物の範疇《はんちゅう》を超《こ》えているかもしれない……」

改めてベヒーモスの核を手に取って、じっと見つめるドラクロ。

素材に対する彼の多大な評価にハルとルナリアは困ったように顔を見合わせる。

「そこで、私はオークションへの出品を提案しました。うちで代行することもできますし、代行業の方を紹介《しょうかい》することもできます。希望であれば、会場に同行していただくこともできますし、悪い話ではないと思ったのです——が」

そこでチェイサーが視線をハルとルナリアに向けた。

「せっかく早く買い取りしてもらえると思ったら時間がかかるみたいだからなあ……なんだったらその角だけ買い取ってもらっても結構な金額になるみたいだからそれだけでも構わないんだが」

ひょいと肩を竦《すく》めながらいうハルに対して、チェイサーが硬《かた》い表情で頷く。

仮に核がなかったとしても、これほどの美品のベヒーモスの角が手に入るのはギルドとしてもありがたいことである。

しかし……。

「しっかし、それだけの品質の魔物の核をよそに流すというのももったいないなあ――知ってしまっただけに、な」

ドラクロの言葉にチェイサーが何度も頷いている。

二人は共に、この素材の希少性を考えて、なんとかしたいと考え込む。

「と、言われても、なあ？」

「ですです。そもそもお金は以前ちょっとした依頼の結果、かなり手に入れることができたのです。そこで時間をかけてまたたくさんのお金を手に入れて、それを持っていることが外に漏《も》れ出《で》たら、色々と面倒《めんどう》なことに巻き込まれそうで……」

ハルとルナリアの意見は変わらない。

相手を困らせたいわけではないが、金ばかり大量にあるのも自分たちの本意ではないという様子だった。

「ふむふむ、なるほどなあ。だったら、あれだ。直接交渉《こうしょう》のオークションにするといい。希望者に条件を提示させて、より良い条件のものに販売《はんばい》するというやつだ」

腕《うで》を組んで二人の話を聞いたドラクロは、思いついたように口を開いた。

だが、直接交渉とオークション――意に沿わない二つの言葉が組み合わさったため、ハルもルナリアも首を傾《かし》げてしまう。

「なるほど、それはいいかもしれません……おっと、お二人は知りませんよね。ギルドマスターが言ったのは『直接交渉オークション』と言いまして……」

なるべくわかりやすいように言葉を選びながらチェイサーが説明をしていく。

『直接交渉オークション』

①陳列《ちんれつ》時に直接交渉と明記する。

②入札希望者は一般オークション終了《しゅうりょう》後、別室に集まってもらうが、この際に出品者は直接顔を合わせなくていいように隣室《りんしつ》で条件を確認する。

（このことにより、特定されることがない）

③提示された品物・条件を確認する。

（希少なアイテムを提示することも多く、気に入るものがなければ落札なしということもできる）

④見合う条件を提示したものが落札者となる。

「なるほど……それじゃあ俺たちは便利な魔道具《まどうぐ》、強力な装備、使い勝手のいいアイテムなんかを希望するか。ある程度は金も含《ふく》めてもらっていい。ただし、地位や領地や人なんかはいらない」

「はい、私もそれでいいと思います」

「承知しました。出品に関しては私が出品代行を担当するということでよろしいでしょうか？　ご不満であれば、他の出品代行業者をご紹介しますが……」

それを聞いたハルとルナリアは思い切り首を横に振る。

「いやいや、チェイサーはしっかりと鑑定をしてくれて、ここまで色々考えてくれた。不満どころかこちらからお願いしたいくらいだよ。改めてよろしく頼む」

「よろしくお願いします！」

食い気味のハルとルナリアが頭を下げて頼むと、チェイサーも笑顔で頷く。

「もちろんです。不肖《ふしょう》、わたくしチェイサー、全力で今回の案件について対応させていただきたいと思います」

恭《うやうや》しく頭を下げるチェイサーの動きはとても様になっている。

「うむうむ、こいつに任せておけば大丈夫《だいじょうぶ》だ！　大船に乗ったつもりでいるといい！　チェイサー、どんなやつが出てきても……そうだな、もし王族貴族が出てきたとしても変なことを言ってきやがったら俺の名前を出して突《つ》っぱねていいからな！」

「承知しています」

ガハハと大きな口を開けて笑うドラクロと冷静に頷いて返すチェイサー。

過去に何度かこのようなやりとりがあったのか、二人の呼吸はピッタリだった。

「王族貴族でも突っぱねるって……」

「すごいですね……」

ハルとルナリアは突っぱねると言い切った二人を見て呆然《ぼうぜん》としていた。

「おい、何をぼーっとしているんだ？　話が決まったからにはさっそく動くぞ！　チェイサー、一番近いオークションはいつだ？」

「今週末になります。まずは、申請書《しんせいしょ》を今日中に出して――すぐに展示に取《と》り掛《か》かるのが一番早いと思います」

「今週末？　明日か……早いな。まあ、任せた。ただし、展示の際には警備は厳重にしておけよ。こんなものがなくなるなんてことになったら、弁償《べんしょう》のしようがないからな」

「承知しております。そのあたりに関しては会場の警備との契約書《けいやくしょ》にも記しておきましょう。盗難《とうなん》や破損があった場合には、金貨百万枚を用意するか、同じものを同じクオリティで用意させるようにします」

テンポのよい流れで二人のやりとりが進んでいく。

その内容がとんでもないものであるため、ハルもルナリアも口をポカンと開けながら聞いている。

「それでは、ハルさん、ルナリアさん……お二人とも、大丈夫ですか？　こちらの素材全て出品という形でよろしいでしょうか？　角だけこちらで買い取るということも一応は可能ですが……？」

そういった話も出ていたため、チェイサーが確認する。

「いや、全て出品で大丈夫だ。面倒かけるが頼んだ。俺たちは何かやっておくことがあるか？」

「それでは……こちらの書類に記入をお願いします」

近くに置かれた棚《たな》から取り出された書類。

用意されたのは、オークションの参加書類。

代行者に冒険者《ぼうけんしゃ》ギルド職員のチェイサーを指名するという証明書。

更には、今回は一般オークションではなく直接交渉オークションとする旨《むね》の書類。

これらを全て用意することで、いよいよオークションに参加する準備が完了《かんりょう》することとなる。

「……これで、最後っと。他は大丈夫か？」

「はい――これで完了となります」

全ての書類に記入を終えたハルが書類を渡すと、チェイサーは中身をざっと確認して、封筒《ふうとう》にしまっていく。

「明日はお二人には必ず同行して頂きます。さすがに、どの条件がいいかまでは私の独断では決められませんのでよろしくお願いします。昼過ぎにギルドに来て頂いて、一緒《いっしょ》に馬車で向かいましょう」

「了解《りょうかい》した」

「はい。それでは、明日の昼過ぎによろしくお願いします」

「こちらこそよろしく頼む」

「よろしくお願いします」

明日の予定について確認すると、ハルとルナリアはギルドをあとにした。


「さて、今回のメインの用事は完了したわけだけど……次はどうしようか？」

「そうですねえ……依頼を受けるにしてもオークションは明日ですし、先ほど出てきたばかりで戻《もど》るのも、ちょっと恥《は》ずかしいですね」

少し前まで二人は冒険者ギルドにいた。

さすがにすぐ戻っては注目されることが目に見えており、時間的な都合も考えると得策とはいえなかった。

「……少し腹が減ったから何か軽く食べようか」

「いいですね！」

ハルの提案にルナリアが即答《そくとう》する。

冒険者ギルドに到着《とうちゃく》するまでの間、彼女《かのじょ》は周囲の店を眺めながら移動していた。

その中で一軒《けん》気になる店があった。

「あ、あの、特にハルさんに食べたいものとか行きたい場所がなかったらなんですが……」

そこまで言ってルナリアはそっと覗《のぞ》き込むようにハルの反応を窺う。

「ははっ、いいよ。ルナリアが行きたい店に行こう。どこにあるんだ？」

彼女の反応から言葉の続きを予想して笑って言う。

「はい！　あの、あっちです！　ここに来るまでの通りにあったカフェなんですけど、外から見てもすごく可愛《かわい》いお店で、お客さんも何人か入っていたので、座《すわ》れるといいんですけど……あっ、カフェでも大丈夫ですか？　何かこう、お肉とかガッツリ食べたいのであれば、そういったお店でも構いませんよ？」

あくまで彼女が優先するのはハルの意思である。

「いや大丈夫だよ。俺《おれ》も喉《のど》が渇《かわ》いていたところだから、美味《うま》い紅茶でも飲めるといいな」

ハルは気を遣《つか》わせないように喉の渇きを引き合いにだす。

そのことにより、ルナリアはパアッと明るい笑顔《えがお》になる。

「それでは行きましょう！」

ルナリアは楽しそうに小走りで手を引いて先に進んでいく。

「わわっ……焦《あせ》らなくても店は逃《に》げないぞ」

苦笑気味《くしょう》のハルも手招かれるようにして彼女のあとを追いかけていく。

しばらく進んでいったところで、ルナリアがピタリと足を止める。

「ここです！」

そこはギルドからさほど離《はな》れておらず、すぐに到着することとなる。

「おー、ここかあ。確かにいい感じの店だな」

看板には店名だけでなく鳥の彫刻《ちょうこく》がされており、雰囲気《ふんいき》を作っている。また、各所に花が置かれており、店の前まで来ると香《かお》りが漂《ただよ》ってくる。

「それじゃあ、入りましょう！」

ルナリアはウキウキした様子で店へと入っていく。

幸《さいわ》いにも席は空いており、二人は二階のテラス席へと案内された。

「うわあ、この席すごいですね！」

眺《なが》めがよく、通りを見下ろす形になり開放感あふれる席であり、ハルたち以外には客がいないというベストポジションだった。

「確かにこれはいいなあ。下で頼んだケーキもうまそうだったから楽しみだ」

「はいっ！」

ルナリアも自分が注文したケーキのことを思い出して笑顔になる。

店に入ったすぐのところにショーケースがあり、そこに並んでいるケーキを、カウンターのところにあるメニューから飲み物を選び、先に料金を払《はら》うシステムのようで、あとは席まで運ばれてくるのを待つだけだった。

ほどなくして紅茶とケーキが運ばれてきたため、二人はそれらを口に運んでいく。

「それにしても、遠くまで来たものだなあ……」

ハルは紅茶を一口飲んでから、空を見上げてそんなことを呟《つぶや》く。

「ですねえ……」

ルナリアもほんわかした気分で同じように空を見上げている。

「……俺はさ、ずっと冒険者になろうと思って頑張《がんば》ってきたけど何もできなかったんだよ」

「……私も、冒険者にはなれましたが、そこから何もできずにいました」

二人とも、形は違ったものの互《たが》いにできない自分に、成せない自分に、力のない自分に苦しんでいた。

「俺はサラマンダーを倒して、二人の女神《めがみ》に会って力に目覚めた」

「私はハルさんに会って呪《のろ》いを解いてもらいました」

それが二人の冒険者としての真の始まりである。

「ずっと力のなさに嘆《なげ》いていた二人が出会うことになるとは思わなかったよなあ。山でルナリアに会った時は驚《おどろ》いたよ。大量の魔物《まもの》が倒れている中に一人で倒れていたからなあ」

「そ、その話はやめて下さい。魔力《まりょく》を全力で放った結果だったもので……。でも、あれがあったおかげでハルさんと会えたので結果としてはよかったと思ってます」

仮に他のパーティメンバーと一緒に逃げ切《き》ることができたら、ハルとは会うことがなかった。

「そうだなあ……そこからは一緒に色々なやつらと戦って来たよなあ……最初はあいつか、解呪《かいじゅ》を手に入れるための戦い」

解呪を手に入れるために倒した元司祭ガーブレア、それが二人の戦いの始まりである。

「いましたねえ、そのおかげで私の呪いを解いてもらえました。水の街のスイフィールでも色々ありました。動く鎧《よろい》との戦いは大変でしたねえ」

その戦いの末に二人は財宝を手に入れることができ、金に困ることがなくなった。

「あの街の問題解決は大変だったな……まさか、魔族と戦うとは思わなかった」

ハルもルナリアも魔族と会うのはあれが初めてだった。

湖の中央にある島で戦った魔族のシュターツは魔物とは違い、ハルの動きに対応し、様々な攻撃《こうげき》を繰《く》り出《だ》してくる強敵であった。

魔族が人前に姿を現すことは世界でも稀なことであり、結局シュターツが何を企《たくら》んでいたのかわからず、未《いま》だ謎《なぞ》のままである。

「そのあとは、オーガロードとの戦いもありました。でも、それよりなにより、一番はベヒーモスとの戦いですね！」

ルナリアの故郷で受けた黒鉄竜《こくてつりゅう》の素材集めの依頼《いらい》。

その時に遭遇《そうぐう》した巨大《きょだい》な魔物であるベヒーモスは、シュターツとの戦いを含めてもハルたちの人生史上最大の敵だった。

「あれは……やばかったな。ゼンさんがいなかったら絶対に勝てなかったよ」

ハルの憧《あこが》れである世界最高の冒険者ゼンライン。

彼《かれ》がたまたまあの場所に居合わせてハルたちと共闘《きょうとう》してくれたおかげで討伐《とうばつ》することができたベヒーモス。

それほどに強大な敵だった。

その素材の取《と》り扱《あつか》いで困っていたが、それもこの街に来て解決しそうである。

「まあ、ベヒーモスもゼンさんも驚きだけどさ……俺はやっぱり、ルナリアのご両親に会ったのが最大のイベントだったよ。お父さんは俺を殺さんといわんばかりの勢いだったからなあ……」

「す、すみません。父があんな感じで……で、でも、私もかなり緊張《きんちょう》していたんですからね？　家族に男性を紹介するだなんて、その、初めての経験だったもので……」

ルナリアは真っ赤にした顔を手で押《お》さえつつ、あの時のことを思い出していた。

自分の親に、一緒に旅をしている歳《とし》の近い男性を紹介するというのは、結婚《けっこん》の話をするようでもあり、かなり緊張することだった。

「ははっ、確かにな。でも、会えて安心したよ。ルナリアにかかっていた呪いに関してもちゃんと理由があったからな。ルナリアはちゃんと愛されていた」

ルナリアを嫌《きら》っているがゆえに呪いで力を制限される可能性もあった。

しかし、話を聞くことができて、彼女のためだったことがわかった。

「です、ね。みんな私のことをすごくすごく考えていてくれました。とっても嬉《うれ》しかったです！」

嬉しかったと言いながらも、ルナリアはどこか悲しい表情になる。

「……エレーナだったかな？　ルナリアの伯母《おば》さんにあたる人だったか。確か、尻尾《しっぽ》が八本あってかなり強力なスキルを持っていたってことだけど……気になるか？」

ハルの問いかけに、表情を硬くしたルナリアは無言で頷《うなず》いた。

「その経験があったからこそ、ルナリアを守ろうと動いてくれたわけだからなあ」

「はい……だから、エレーナ伯母さんも元気でいてくれると嬉しいんですけど」

「どこかの貴族と結婚したって話だったけど、幸せだといいな」

ハルは期待も込めてそんな風にいって、再び空を見上げる。

視線を戻してもルナリアがまだ肩《かた》を落としているため、ハルはひとつの提案をする。

「そうだ！　ルナリアのケーキを一口もらってもいいか？」

別々のケーキを注文したがゆえにできた提案であるが、雰囲気を変えるためのものとしてはいいものだったらしく、ルナリアも顔をあげる。

「あっ、どうぞどうぞです！　えっと……はい、あーん」

「えっ!?」

ルナリアが自分のフォークで切り分けたケーキをハルの口へと運ぼうとする。

ハルとしては皿を渡《わた》してもらって、自分で少し取ろうと思っていたため、面喰《めんく》らってしまう。

しかし、ハルの動揺《どうよう》がわかってもルナリアは笑顔でいる。

「ハルさん、あーんです」

「あ、あぁ……うん、美味いな」

このまま断ってまた彼女に暗い顔をさせるわけにはいかないと、ハルはこみあげる羞恥《しゅうち》心《しん》をこらえてなんとか口を開く。

なんとか感想は言ったものの、恥ずかしさからハルはケーキの味がわからなくなっていた。

また、笑顔ではいるものの、あーんをしたルナリアも耳まで真っ赤になっていた。

様子を見に来た店員が階段を上がってきたが、二人の様子が微笑《ほほえ》ましかったためか、静かに戻っていった。

その後の二人は照れながらも会話を交わし、ケーキと紅茶を楽しんだ。

食べ終えて店を出た二人の間にはどこか甘《あま》い空気が流れていた。

「誰《だれ》か――誰か助けてくれ！」

そんな空気を打ち破るような声が街に響《ひび》き渡る。

「なんだ？」

「どうしたのでしょうか？」

ハルとルナリアは声がする方向へと近づいていく。

「誰か、村を、みんなを助けてくれ！」

声の主は自身も傷ついているにも拘《かか》わらず、そんなことはどうでもいいとばかりに声を張り上げて助けを求めている。

「あの方は……確かこの街の手前にあった村で見かけました」

「あぁ、確か食堂で働いていたウェイターだ。悪い、通してくれ、ちょっと、どいてくれ」

ハルとルナリアは人垣《ひとがき》をかき分けて彼のもとへと駆《か》け寄《よ》っていく。

「なあ、あんた食堂で働いていた人だろ？　一体何があったんだ？」

ハルの問いかけに、やっと話を聞いてくれる人が現れたと彼は涙《なみだ》を流す。

「あんたたち、覚えがある！　確か村に立ち寄った冒険者《ぼうけんしゃ》だったよな？　助けてくれ！　村が襲《おそ》われているんだ！　盗賊《とうぞく》と魔物が襲ってきたんだ！」

表情を苦しくゆがませた彼はすがるようにハルの腕をつかんで必死に訴《うった》える。

「オ、オーガがいたんだ！　見たことのない種類のオーガもいた！　村の警備も、村にいた冒険者も頑張ってくれているが、そんなにもたないはずだ！　頼《たの》む、助けてくれ！　頼む、頼む頼む、お願いだあああああ！」

腹の底から声を振り絞《ふしぼ》って、ハルだけでなくこの場にいる全員に訴えかける。

「お、おい誰か助けてやれよ！」

悲痛な叫《さけ》びは街の住民の言葉だった。

彼と同じように戦う力を持たない弱い立場であるため、家族や友達、仲間を助けられない苦しみに共感していた。

「そうだ！　村を助けてやれ！」

他の住民たちもその言葉に同調する。

しかし、ここにいる冒険者はハルたちと同じCランクか、それ以下の冒険者のみである。

「お、おい、どうする？」

「いやいや、俺たちの実力じゃ無理だろ。オーガだぞ？　しかも見たことのない種類って、やばいのがいるかもしれないじゃないか！」

オーガは小さい個体でも三メートルほどであり、力が強く、そんじょそこらの冒険者では攻撃を防ごうとしただけで吹き飛《ふと》ばされてしまうだけの実力がある。

Bランク以上の熟練の冒険者であれば一人で戦うこともできるが、Cランク以下では厳しい。

その上位個体がいるともなれば、冒険者たちが及《およ》び腰《ごし》になるのも当然のことだった。

「あぁ、確かあの村にはBランク冒険者のやつらが滞在《たいざい》していたはずだ。そいつらが敵《かな》わない魔物に俺たちが勝てるわけがないだろ」

周囲には何人かの冒険者がいたが、もたらされた情報から判断して自分たちでは無理だと尻込《しりご》みしている。

「ルナリア！」

「はい！」

そんな状況にあって、ハルとルナリアの考えは同じだった。

村では二人も食事を楽しんだ。

助けを求めている人は二人のもとへと料理を運んで、料理の説明をしてくれた。

彼はそうやってコミュニケーションをとることで、食事という時間を楽しめるように配《はい》慮《りょ》してくれた。

実際、料理は美味《おい》しく、二人は店の雰囲気を楽しむことができた。

そんな楽しい時間を味わわせてくれた。

それだけで村を救う理由には十分だった。

「みんな、どいてくれ！　俺たちは村に向かう！」

ハルが言うと、人垣が左右にわかれて街の出入り口までの道が作られる。

「お願いがあります！　どなたかこの話を冒険者ギルドのギルドマスターにお伝え下さい！　ハルとルナリアが村に向かったと！」

ギルドマスターのドラクロのことをハルたちは知っている。

きっと彼ならば、そしてギルド職員のチェイサーが聞けばきっと救出を進言してくれるはずであると信じていた。

「わ、わかった！　俺が報告してくる！」

「俺も行く！」

逃げ腰だった冒険者たちが名乗りを上げて伝言役を担当してくれる。

「あ、あんたたち！　この馬に乗っていってくれ！　俺には戦う力がないから、これくらいはさせてほしい！」

「ありがたい！　ルナリア、後ろに乗るんだ！」

ハルが馬に飛び乗り、彼の手をとってルナリアが後ろに乗る。

「全力で行ってくれ！」

「ヒヒーン！」

そんなハルの言葉に応《こた》えるように一度鳴くと、馬は全速力で駆けていく。

残った人々もただその背中を見送るだけではなかった。

「おい、警備隊にも説明に行くぞ！」

「俺は城の騎士団《きしだん》に報告してくる！」

「腕に自信のあるやつにどんどん声をかけてくれ！」

「私たちは彼をお医者様のもとへ連れて行きましょう！」

それぞれが、それぞれにできることを全力で行っていき、情報が街中を駆け巡《めぐ》っていく。

先に向かったハルたちは、街の人たちがきっとそうやって動いてくれるだろうと信じて村へと向かっている。

「……ハルさん、大丈夫でしょうか？」

「わからない……村までそこまで遠いわけじゃないが、襲われてから彼が王都に到着するまで時間がかかったはずだ。だから……」

もしかしたら既《すで》に手遅《ておく》れかもしれない。

そんな言葉が口から出そうになるが、ハルはギリッと奥歯《おくば》をかみしめてそれを飲み込んだ。

「だけど、戦う力があるのに見捨てて、あの時助ければよかったなんて後悔《こうかい》だけはしたくない！　だから俺たちは俺たちのできることを全力でやるだけだ！」

「はい！」

ハルの言葉にルナリアは返事をするが、その内心では色々なことを考えている。

脳裏《のうり》に浮《う》かぶのは村では子供たちと楽しく遊び、村の人々も二人のことを歓待《かんたい》してくれていたこと。

そんな人たちの生活が蹂躙《じゅうりん》されていることを考えると、ルナリアの心を辛《つら》い思いが支配していく。

「とにかく急ぐぞ、俺たちだけでも戦って少しでも助けられる人を増やすんだ」

手綱《たづな》を握《にぎ》るハルは真剣《しんけん》な表情で馬を急がせる。

馬も二人の心境を察したように必死で走っていた。

「はい！」

ルナリアはハルが気を遣わなくていいように、しっかりと掴《つか》まる。

村にどんな敵がいるのか？

どんな戦い方をしているのか？

どれだけの人が残っているのか？

どれだけの人が無事なのか？

そんなことをぐるぐる考えながらも、二人は村へと急いでいた――。

走り続けて村が見えてきたところで、ハルとルナリアは驚きに目を見開く。

「――っ、そ、そんな！　村が‼」

縋《すが》るように手を伸《の》ばしたルナリアは火の手があがり、煙《けむり》が立ち込めている様子を見て愕《がく》然《ぜん》としていた。

「ルナリア、しっかり掴まっていろ！　……頼む、あと少しだけ急いでくれ！」

ここまで全力で走らせていた馬に申し訳ないと思いながらも、焦る気持ちからハルは馬の背に手をあてて声をかける。

「ヒヒーン！」

その必死な気持ちが伝わったのか、馬は大きくいななくと力を振り絞って今まで以上の速度で走り始めた。

ハルとルナリアは滞在期間こそ短かったが、世話になった人たちが住んでいる村が燃えていることに怒《いか》りと悲しみと辛さがこみあげ、早く早くと心の中で叫びながら馬を急がせる。

到着した頃《ころ》には、村の家々は焼け落ちてボロボロになっており、地面には村人の死体があちこちに転がっている。

「……ああん？　お前たちこの村のやつか？　だったら最悪のタイミングで帰ってきたな」

「遠くからでも火の手があがっているのが見えただろうに、俺たちに殺されにくるなんて馬鹿《ばか》なんじゃねーのか？」

馬の足音に気づいて振り返《かえ》った盗賊二人がハルたちを発見して、ニヤニヤと笑っている。

その隣《となり》には狼《おおかみ》の魔物がギラギラと目を光らせ、牙《きば》をむき出しにした口からよだれを垂らし、待機していた。

「おいおい、後ろのねーちゃん、上玉じゃねえか！」

「おぉ！　さっさと男のほうを殺してやっちまおうぜ！」

ハルの後ろにいるルナリアを見て下品な笑いを浮かべた男たちは、剣《けん》を抜《ぬ》いてハルたちに襲い掛かる気満々でいる。

「ルナリア……馬を安全な場所に頼む。俺はこいつらを片づける」

ハルはルナリアをかばうようにして馬を下りると、盗賊たちを睨《にら》みつける。

「おいおい、お前はどうでもいいんだよ！　あーあー、あのねーちゃん逃げたじゃねえか。さっさと連《つ》れ戻して来いよ！」

「うるさい」

ハルはそれだけ口にすると、近寄ってきた盗賊の首を瞬時《しゅんじ》にはねていた。

「――ひっ！」

無事な男が悲鳴をあげようとするが、返す刀《かたな》でその男の胴《どう》を真っ二つにする。

あっという間のできごとであったため、一緒にいた狼の魔物たちは何が起こったのかわからず、うろたえて動けずにいる。

「お前たちもきっと村の人たちに危害を加えたんだろうな。敵対しないのはいいが、さようならだ」

ハルは右手を前に出すと風の刃を放ち、狼二匹を一瞬《いっしゅん》で倒《たお》した。

「ハルさん！　大丈夫ですか？」

ハルの実力を知っているルナリアだったが、それでも心配そうな表情で声をかけてくる。

「あぁ、大丈夫だ。ルナリア、ここからは盗賊を殲滅《せんめつ》する戦いになる。怖《こわ》かったら俺一人で大丈夫だぞ？」

ここまで二人でやってきたが、先ほどの盗賊たちの態度、そして人間を殺すということから彼女のことを気遣《きづか》っていた。

「もう、ハルさん！　そんな気遣いは無用です！　私はハルさんの仲間ですよ！　一緒に戦います！」

そう言って笑顔になると、ルナリアは杖《つえ》を手にしていた。

「わかった……行くぞ！　まだ生きている人がいないかを確認《かくにん》しながら、盗賊と魔物の殲滅だ！」

「はい！」

二人は目的を明確にして村の中を走り回っていく。

盗賊たちは村の中を物色しているため、まだ村の中に何人も残っている。

「せい！」

であるならば、外に被害《ひがい》が出ないように、第二のこの村を生み出さないためにハルは剣を振るう。

「〝ファイアボール〟！」

その思いはルナリアも同様であり、魔法《まほう》を使って盗賊たちを倒していく。

使役《しえき》されている魔物は狼種がほとんどで、その中にオークやオーガがいた。

数は多いものの、盗賊も魔物もハルたちにすれば相手にはならず、二人はそいつらをあっさりと倒していく。

倒していくにつれて、二人は村の中心部へと向かっていた。

村の中心部の方に向かって被害がひどくなっている。

村の中央にある村長の家の前には一人の男がどこから持ってきたのかどかっと大股開《おおまたびら》きで椅子《いす》に腰《こし》かけている。

他の盗賊たちと同じ系統の服ではあるが、それでいて他の者たちよりも高価そうな仕立てになっている。

「……お前がこいつらの頭目か？」

一人だけ雰囲気の違《ちが》う男。

その男に向かってハルが冷たく問いかける。

「あぁ、そういうことになるな」

目はギラギラと野心的であり、口元には薄《うす》ら笑いを浮かべている人族の男。

しかし、ハルとルナリアをじっくり見ると、表情が引《ひ》き締《し》まる。

「お、お頭《かしら》！　そ、そいつらがみんなを殺しやがったんだ！」

ハルたちが戦っているのを見ていた盗賊の一人が焦ったように頭目に報告をする。

「ほう、こいつらがな……で、お前はなんで無事なんだ？」

「えっ、お、俺は、その、お頭にこのことを報告しなきゃと思って……俺の実力じゃどうせ勝てないし、お頭に情報を伝えるのが大事だと思って……」

びくっと体を揺《ゆ》らした男は焦り、動揺しながらも考えていたことをしどろもどろになりながら頭目に伝える。

「そうかそうか、それはありがとう、な！」

礼の言葉と同時に頭目は剣で男の首をすっぱりと斬《き》り落とした。

「……なっ⁉」

あまりに突然《とつぜん》の出来事を目の当《ま》たり《あ》にしたルナリアは驚いて声をあげ、ハルはその行動に対して睨みつけていた。

「いやあ、仲間がやられているのを見て一人だけ逃げてくるなんて許せないだろ？　命をもって償《つぐな》っていいことだ。いずれ死ぬんだから、俺が殺したって問題はないだろ。むしろ早く片づいてよかった」

そんなことをあっけらかんとした口調でニコニコとのたまう頭目に対して、ハルとルナリアは不快感を覚える。

「さて、手下の処分はできたから、今度はお前たちの番だ。おい、アレを連れてこい！」

「へ、へいっ！」

頭目が指示を出すと、後方からドスンドスンと大きな音をたてて新たな魔物が姿を現す。

「さて登場したのは俺のとっておき、最強のオーガキングだ！　さあ、あいつらをやっちまえ！」

第二話　対オーガキング

のそりとした動きで狙《ねら》いを見定めたオーガキングは頭目の指示を受けて、ハルとルナリアに襲いかかる。

動き出しの一歩目はゆっくりだったが、それ以降は巨体《きょたい》にも拘わらず素早《すばや》い動きで、あっという間に距離《きょり》を詰《つ》めてハルに殴《なぐ》りかかった。

「くっ！　重い！」

ハルは剣の腹で拳《こぶし》を受け止めるが、後ろに押し込まれる。

「ガアアア！」

「くそっ！」

次の攻撃がくると考え、ハルは腹に力を込めてオーガキングの拳を押し返そうとする。

「……えっ？」

しかし、ハルは行動に対しての手ごたえを感じられずに驚くこととなる。

初撃を防いだハルを見て瞬時に手強《てごわ》いと判断したオーガキングは、すぐに標的をルナリアに変えていたのだ。

「ルナリア！」

そのことに気づき、オーガキングの攻撃力《こうげきりょく》の高さから思わずハルが名前を叫ぶが、ルナリアは既に手をうっている。

「大丈夫《だいじょうぶ》です、効きません！」

ルナリアは自分に攻撃が向かってくる可能性を想定して、氷、土、風の障壁《しょうへき》を既に展開している。

「グオオオオ！」

相手もそのままで良しとすることもなく、オーガキングは一発、二発、三発と続けて強力な拳を放ち、ルナリアが作り出した障壁を壊《こわ》そうとしていく。

強力な攻撃によって、障壁にもヒビが入っていく。

「させるかあああ！」

それを自由にさせるハルではなく、剣でオーガキングに攻撃を放つ。

先ほどハルが防いだ一撃《いちげき》、そして障壁を破壊《はかい》しようとしても拳に傷一ついていないことから強固であることがわかる。

それを理解しているがゆえに、ハルは剣に炎《ほのお》をまとわせることで攻撃力をあげて背中に斬りつけた。

致命傷《ちめいしょう》とはいえない。しかし、この攻撃ならば確実にダメージを与《あた》えることができている。

「グガアアアアアア！」

思ってもみないダメージに声をあげるオーガキングは、怒りからターゲットをハルに戻して、牙をむき出しにしてハルに殴りかかろうとする。

「当たらないぞ！」

力負けするとわかっているハルは拳を避《よ》けると、すれ違いざまに胴を斬り裂《さ》く。

「グガアアアア！」

今度の攻撃ももちろん炎を纏《まと》わせており、やけどと切り傷から襲い来る激しい痛みでオーガキングに叫《さけ》び声《ごえ》を上げさせる。

「あ、あの野郎《やろう》は何者なんだ！」

「まさか、オーガキングがおされているなんて……」

ハルの攻撃力がオーガキングの防御力《ぼうぎょりょく》を上回っていることに、盗賊たちは驚いている。

「なにをやっている！　本気で戦え！　さっさとそんなやつらを倒せ！」

頭目が強い言葉でオーガキングに指示を出すと、それまでの濁《にご》った色から急に目が赤く光ったオーガキングは、さらに速度をあげてハルに襲いかかる。

パワーアップした攻撃に、今度は避けることができず、再び剣で受ける。

「ぐ、ぐぐっ……！」

先ほどよりも重い一撃にハルは思わず膝《ひざ》をついてしまう。

しかし、ダメージを与えた背中ががら空きであるため、そこにルナリアが魔法をぶつけるはずであるとハルは予想していた。

しかし、ルナリアの攻撃はいつまでたっても来ず、ハルは全力でオーガキングの拳に耐《た》えていた。

オーガキングはその状況《じょうきょう》を打開しようと、反対の拳を振りかぶった。

「――ダメ！　走らないで！」

「やああ！　やだあああああ！」

そこに誰かに呼びかけるルナリアの声と泣《な》き叫ぶ子どもの声が聞こえてくる。

一瞬だけそちらに意識が向いたオーガキングの拳の力が弱まった。

その隙《すき》をついてハルは転がってその場から抜け出した。

「くそっ！」

しかし、ハルは視界に入った状況を見て、思わず苛立《いらだ》ちを口にしてしまう。

ルナリアが一人の少女を抱《だ》きとめて守ろうとしている。

だが、少女は悲惨《ひさん》な状況の中で混乱のさなかにあるため、じたばたと暴れまわり、ルナリアの腕《うで》を振りほどいて走り出してしまった。

「ガアアアアアアア！」

甲高《かんだか》い子どもの鳴き声にいら立ったため、注意をそらされてハルを逃《のが》してしまった。

そのことに怒りを覚えたオーガキングは、その原因である少女に殴りかかろうとする。

「っ……危ない！」

必死に駆け寄ったルナリアが少女をかばい背中をオーガキングに向ける。

緊急《きんきゅう》だったため、背中には薄い障壁を一枚展開できただけである。

しかし、それでもこの村の生き残りである少女をなんとしてでも守りたいというルナリアの献身的《けんしんてき》な思いがこの行動に移らせていた。

無慈悲《むじひ》にもそんな彼女の背中めがけてオーガキングの拳が振り下《お》ろされる。

次の瞬間《しゅんかん》、ドーン！　という大きな音が土煙《つちけむり》とともに周囲に響き渡った。

「ははっ、そうだそうだ、やればできるじゃないか。最初からそうやって本気を出してればよかったんだ。まあ、あんなの喰らったんじゃああのガキも女もぺしゃんこに……」

オーガキングの容赦《ようしゃ》ない一撃にニタニタと笑っていた頭目は、ようやく待ちかねたその結果を楽しみにしている。

だが、その時ふわりと吹く風によって徐々《じょじょ》に煙が晴れていき、オーガキングの攻撃がもたらした結果を見て、その表情を一変させた。

「さすがにこいつは痛いな……」

「なっ、なんだと⁉」

そこにはオーガキングの攻撃を受け止めたハルの姿があった。

少女を抱きしめたルナリアをかばう様に前に立ち、手をクロスしてオーガキングの一撃を受け止めている。

彼が使ったのは皮膚《ひふ》硬化《こうか》、骨強化、竜鱗《りゅうりん》、鉄壁《てっぺき》の四つの肉体硬化《こうか》スキル。

それらを使った結果、痛みを感じる程度にとどめることができた。

もちろんルナリアも少女もダメージを受けることはなかった。

「ルナリアに攻撃するのはまだわかる。彼女《かのじょ》も一緒《いっしょ》に戦っているし、冒険者《ぼうけんしゃ》だから攻撃をされる覚悟《かくご》もある……かといって、攻撃を許すわけじゃないが。それはそれとして、戦う力もない少女を攻撃するっていうのは人道に反するんじゃないのか？」

ゆらりと怒りのオーラを纏ったハルは、睨み付《つ》けながらも冷静な口調でオーガキングに向かって人の道を説く。

「て、てめえ、どうやってあの距離を一瞬で移動しやがった⁉」

想像とは異なる結果に動揺しきっている頭目が立ち上がって叫ぶように質問をするが、ハルはぎろりと睨み返すだけで答えることはない。

実際のところは、甲羅《こうら》の盾《たて》を出現させ、それを足場として、更《さら》に爆発魔法《ばくはつまほう》による爆風《ばくふう》＋跳躍《ちょうやく》で移動している。

しかし、それを語るつもりはなかった。

「さて、こいつが強いのはわかった。そのうえで、これ以上戦いを長引かせるのはよくないみたいだから、全力でいかせてもらう」

「ガ、ガウ……」

渾身《こんしん》の一撃を離《はな》れた場所にいたはずの男に止められた。

しかも、その男は怪我《けが》を負うこともなくピンピンしている。

このことは、オーガキングに動揺を抱かせた。

この村でも、以前も冒険者と戦ったことはあった。

他の魔物と戦ったこともあった。

だが、目の前にいるハルからは今までの誰とも違う得体の知れない強さを感じ取っていた。

結果、オーガキングは先ほどまでの余裕《よゆう》や力強さを失い、怯《おび》えからくる恐怖心《きょうふしん》によって数歩後ろに下がってしまう。

「なんだかビビっているみたいだが、俺《おれ》の仲間と子どもを攻撃しようとしたのは悪手だ——完全に俺を怒《おこ》らせたな」

静かな口調ながら目の奥《おく》には静かな怒りをたたえている。

そんなハルは、炎鎧《えんがい》で自らの身体《からだ》に炎を纏っていく。

うねるように一気に燃え上がった炎は彼の怒りそのもののようである。

「な、ななな、なんだあれは⁉」

見たことのない能力を目の当たりにした頭目は驚き、周囲にいる手下も驚愕《きょうがく》している。

何より、対峙《たいじ》しているオーガキングが最も困惑《こんわく》していた。

——その力はまるで魔物のようではないか、と。

「悪いが、ここからは一方的になるぞ?」

まだまだ村には魔物や盗賊がいる。

たとえオーガキングや頭目を倒したとしても、戦いは続く。

そう考えていたため、ハルは力をセーブしていた。

しかし、怒りを抑《おさ》えることはできない。

こいつらを野放しにはできない。

オーガキングを倒せるのは、ここには自分たちしかいない。

そんな思いが全力を出させていく。

うねるように燃え上がったハルの身体の炎は徐々に剣に集約されていき、ついには全《すべ》ての炎が消える。

それは嵐《あらし》の前の静けさのようで、オーガキングはじわりと焦《あせ》りを感じた。

「何がなんだかわからないだろ？　だけど、すぐにわかるぞ！」

真剣な表情で走り出したハルは剣を振りかぶり、思い切り振り下ろす。

先ほどまでハルの攻撃はオーガキングの拳によって防がれている。

ならばと、オーガキングは同じようにハルの剣を思い切り殴りつけた。

しかし、結果は先ほどまでと打って変わったものとなる。

「グギャアアアアアアアアアアアア！」

ハルの剣はオーガキングの拳を、そしてそのまま腕を真っ二つに切《き》り裂いた。

それはまるで熱せられたナイフでバターを切るかのようにあっさりと。

腕の付け根のあたりで剣を返し、そのまま腕を切り落とす。

たちまち襲いくる痛みに我慢《がまん》できずに大声をあげ、そのままのけ反るオーガキング。

これまでにダメージを受けたことは何度かあった。

だがこれまで体験したどの攻撃《こうげき》よりも痛みが強く、なぜか自分の攻撃を打ち破られた。

予想外の反撃《はんげき》、理解できない状況。

「ガ、ガガガア！」

それらはオーガキングに逃亡《とうぼう》という選択肢《せんたくし》をとらせようとする。

ハルたちに背を向けていたオーガキングは、腕の痛みに顔をゆがめながら走って逃《に》げようとしていた。

「〝アイスアロー〟！」

しかし、それはルナリアの氷魔法によって止められることとなる。

ルナリアが狙ったのは足元。

彼女もこの村を襲われて怒りを抱いていた一人。

いつも以上に魔力《まりょく》が集中された魔法は、オーガキングの足を貫《つらぬ》き、更に大きく氷を展開すると足を凍結《とうけつ》させてその場に張り付ける。

「グガガア⁉」

走ろうと持ち上げた足に痛みが走り、次の瞬間には両足共に動けなくなっている。

動かない足、無くなった腕、恐怖心、逃げたい思い。

その状況は困惑以外の何物でもない。

ただその場でじたばたともがくしかできないでいた。

「〝アイスアロー〟」

更に、ルナリアは右手から魔法を連発していく。

左手では少女をしっかりと抱きかかえている。

足を止め、腕を凍《こお》らせ、ほとんどの動きを止めた頃にはオーガキングから戦う意志を奪《うば》っていた。

「さすがだな。あとは俺がとどめを……せい！」

ハルが炎を込めた剣で頭をバッサリと真っ二つにすると、オーガキングはピクリとも動かなくなった。

「ふう、これでお前たちの奥の手《て》は終わりか？」

剣についたオーガキングの血を振り払《はら》ったのちに振り返ったハルが頭目に剣の先を向ける。

「く、あの魔族《まぞく》野郎、嘘《うそ》つきやがったな！　オーガキングなら負けることはない、無敵だって言ってたじゃねえか！」

舌打ち交じりの頭目から魔族という言葉を聞いて、ハルとルナリアは眉《まゆ》をひそめる。

「おい、魔族ってどういうことだ！」

「う、うるせえ！　お前たち、やっちまえ！」

ハルの質問に答えるつもりはないらしく、頭目はいつの間にか集まっていた盗賊と魔物《まもの》たちに命令をする。

オーガキングとハルたちが戦っている音は大きく、その音を聞いて頭目に何かあったのではないかと集まってきていた。

だが、オーガキングが真っ二つになって倒れている状況に誰もが驚《おどろ》いて、動けずにいた。

「な、何をやっているんだ！　さっさと動け！」

頭目の言葉がむなしく響き渡る。

状況から考えてオーガキングを倒したのはハルとルナリア。

そのハルたちと戦うという命令には全員が二の足を踏《ふ》んでしまった。

「な、なにしてやがる！　冒険者二人に俺たちがやられていいのか！　早く、あいつらを殺せ！」

このまま撤退《てったい》することは頭目のプライドに反するのか、それでも部下たちに檄《げき》を飛ばしてハルたちを襲うように言う。

「……誰を、殺すって？」

地を這《は》うような低い声で睨みつけたハルが剣を振るうと閉じ込めていた炎の一部がチリチリと舞《ま》う。

「ひ、ひぃ！　に、逃げろ！」

すっかりハルの威圧《いあつ》にひるんだ部下たちは一目散に逃げていく。

自分を置いて逃げ出《だ》した部下たちに苛立ちを抱きながら頭目の頭にも、逃げようという言葉がちらつく。

「〝アイスアロー〟」

しかし、そう思った瞬間には馬の足を凍らされて逃亡手段を失ってしまう。

「く、くそ！」

ここまできて、何人かがハルたちに襲いかかろうとする。

「やれやれ、ルナリア……その子を頼んだぞ」

そう言うとハルは剣をしまって、素手《すで》で盗賊たちに向かっていく。

道中の盗賊や魔物は殺してきたが、ここにいるやつらは捕《と》らえてしまうのが一番だろうと考えたため、追いかけると殺さずに気絶させていく。

盗賊たちは剣やナイフや斧《おの》など、それぞれが武器を持っていたが、ハルに当たる前に倒されてしまうか、当たっても硬化スキルで防がれてしまった。

ゆえに、十分経過した頃には全ての盗賊と魔物がハル一人の手によって倒された。

そして、盗賊《とうぞく》たちはルナリアの魔法によって捕縛《ほばく》される。

「あとは、お前だけ……くそっ！」

ハルが頭目を捕らえて話を聞こうと視線を向けると、そこには既にこと切れた頭目の姿があった。

「魔族のことを聞こうと思ったんだがな……うわっ！」

ハルが近づいて確認すると、頭目の身体が燃え上がって灰になって風に飛ばされていった。

「契約《けいやく》した魔族とやらが仕掛《しか》けたのか……他のやつらが何か知って……いなそうだな」

盗賊の中には意識を取《と》り戻《もど》した者もいたが、全員が首をぶるぶると横に振っていた。

「仕方ない……俺は火を少しでも消してくる。その子のことと、こいつらの見張りはルナリアに任せる」

「わかりました。ここは任せて下さい！」

しっかりと頷《うなず》いたルナリアは返事をすると、盗賊たちの拘束《こうそく》を強化して泣き疲《つか》れて眠《ねむ》っている少女に膝枕《ひざまくら》をして頭を撫《な》でていた。

第三話　新しい仲間

ハルは火を消して、生き残りを何人か発見してから再びルナリアたちのもとへと戻って来た。

すると、そこには街からの増援《ぞうえん》がやってきていた。

冒険者、警備兵、騎士《きし》の混成部隊だったが、彼《かれ》らは現状を見て驚いていた。

「こ、これは……一体どういうことなんだ？」

今回の部隊の便宜《べんぎ》上のリーダーである騎士隊長がハルたちに質問をする。

「俺たちがやってきた時には既に火の手があがっていた。村に到着《とうちゃく》すると盗賊たちが俺たちを狙ってきたため、撃退《げきたい》しながら村の中央であるここまでやってきたんだ」

「た、確かに私たちがここに到着するまでに盗賊と魔物の死体があったが、あれは全て君たちがやったのか……これだけの盗賊を捕らえたのも合わせてすごいな」

たった二人でこれだけの成果を残したハルたちに、騎士隊長だけでなく部隊の全員が舌を巻いていた。

「まあ、やれることをやっただけさ。それより、ざっと火は消して回った。それと、生き残りも何人か見つけたんだが、盗賊たちを含《ふく》めてあんたたちに頼《たの》んで大丈夫《だいじょうぶ》か？」

「無論だ。本当なら、もっと早く私たちが駆《か》けつけたかったんだが……せめて残りの面倒《めんどう》は私たちに任せてくれ。残党の撃退に生き残りの捜索《そうさく》。みんな、動いてくれ！」

騎士隊長の指示を受けて全員が村中に散っていく。

「そうそう、村の人たちに聞きたいんだけど、この子のことを知っている人はいるか？」

ハルがそう声をかけると、起きたばかりの少女が目をこすりながらハルの近くまでやってくる。付き添《そ》うようにルナリアも傍《そば》についてきている。

「うーん、私は知らないなあ」

「俺もわからない、見たことないから村の子じゃないと思う」

村の男性二人は少女のことを記憶《きおく》していなかった。

「……私、見覚えがあります！　確か、昨日から宿に泊《と》まっていた子です。多分、お父さんみたいな人と一緒にいたはずです！」

女性の言葉から、少女は村の外部の子どもであることがわかる。

「お父さんじゃないの、あの人はおじ様。お母さんの弟だって言ってたの……でも、おじ様はさっきの人たちから私を守ろうとして……」

暗い表情から既におじさんが亡《な》くなっていることが予想できる。

「そうか……どうしたものかね」

彼女の身の振《ふ》り方《かた》を考えるにあたって、身内がいないというのは困ったことだとハルは腕を組みながら考え込んでいる。

「困りましたね……」

ルナリアも少女の肩《かた》に手を置きながら、彼女のことを心配している。

「あの、よければその少女を私たちが連れて行こう」

「その場合、どこに連れていくことになるんだ？」

騎士隊長が面倒をみるという線は恐《おそ》らくないはずである。

ならば、どうするのかとハルが尋《たず》ねた。

「身寄りがないとなれば、孤児院《こじいん》などに送られることになると思う。わが国では孤児に対しても手厚く対応する仕組みができているので生活の心配はないはずだ」

「なるほど……ルナリア、どうしたいか聞いてみてもらえるか？」

少女はここまでルナリアのそばからぴったりと離れずにいる。

それは一番に助けてくれたのが彼女であり、他に頼《たよ》れる人間がいないとなればルナリアから離れないのは自然なことであった。

だからこそ、ハルはルナリアに話してもらうよう依頼《いらい》した。

「はい……私の名前はルナリアです。こちらの男性はハルさんと言います。あなたのお名前も教えてもらっていいですか？」

地面に膝をついた姿勢で、視線の高さをあわせたルナリアが優《やさ》しく微笑《ほほえ》みかけながらゆっくりと質問する。

「……うん。わたしはエミリ。お姉さん、助けてくれてありがとうございます、なの」

安心したようにへにゃりと笑ってペコリと頭を下げるエミリの愛らしい様子に、この場所にいる全員が胸を打《う》ち抜かれたような気分になってしまう。

「はい、よろしくお願いします。エミリさんはおじ様と一緒にこの村に来たのですね？」

ルナリアの問いに、エミリはこくんと頷く。

「うん、おじ様と一緒に来たの。でも、おじ様は盗賊と戦うって言って宿から出て行って……」

暗い表情から、その後は消息不明である、ということだった。

「俺からも質問していいかな？」

ハルも屈《かが》んで目線を下げてからエミリに問いかける。

最初はびくりと驚いたものの、助けてくれた一人であるハルだと認識《にんしき》すると再び落ち着いた雰囲気《ふんいき》に戻った。

「あ、うん。お兄さんも助けてくれてありがとうございます……その、怪我は大丈夫？」

きちんと礼を言い、そっと小さな手を伸ばし、オーガキングの攻撃を受け止めたハルのことを気遣っている。

冷静さを取り戻した今のエミリはそのあたりにいる同年代の子どもよりもしっかりしているように見えた。

「問題ない。俺は意外と頑丈《がんじょう》だからな。それで、聞きたいんだが……」

穏《おだ》やかな表情のハルが何を聞くのかと全員が耳を傾《かたむ》ける。

「――エミリはエルフなのか？」

ハルがゆっくりとエミリの頭に手を持っていき、頭を撫でると綺麗《きれい》な金髪《きんぱつ》の髪《かみ》の毛《け》の間から尖《とが》った小さな耳が現れる。

「うん、わたしはエルフのエミリ。おじ様と一緒に、中央大森林に向かうために集落からやってきたの。わたしはまともに魔法が使えなくて、でもエルフは魔法を使えるのが当たり前で、だから……」

抵抗《ていこう》なく笑顔《えがお》で頷いたエミリのこの言葉に周囲がざわつく。

ルナリアも彼女がエルフだとは気づいていなかったようで、驚いた顔でエミリのことを見ていた。

「そうなのか」

既《すで》に彼女の叔父《おじ》はこの世にいないため、ハルはそれ以上を言えずにいる。

「エミリさん、騎士の方たちが街まで案内してくれて、そこから次の生活の場所に案内してくれるとのことですが、いかがでしょうか？」

既に話が決まっているかのように感じたエミリはきゅっと唇《くちびる》を固く結ぶと、悲しそうな表情で首を横に振ってルナリアに抱き着《つ》く。

「きゃっ……エ、エミリさんどうしたんですか？」

突然の反応にルナリアは驚きながら声をかける。

それは決してしがみつかれたのが嫌《いや》なわけではない。

「――やだ」

そしてルナリアの胸元《むなもと》に顔をうずめたエミリから返ってきたのはこの一言。

彼女は絶対に離れないという意思表示を込めてぎゅっと強く抱き着いた。

「やだ……って、街に行くのがか？」

ハルのこの質問に、顔をうずめたまま、首だけを横に振るエミリ。

「あー、もしかして……孤児院に行くのが嫌なのか？」

ハルは続けて質問をする。

だがエミリには通じなかったのか、彼女の反応は顔を上げてきょとんと首を傾けるというものだった。

「なあ、もしかして君たち二人がいいということなのでは？」

騎士隊長はエミリの反応を見て、思ったことを口にした。

その推測は当たっていたようで、エミリはぱあっと花開くような笑顔で何度も頷いていた。

あまりの愛らしさに、一瞬で周囲の空気が和《やわ》らいだように感じられる。

「俺とルナリアと一緒に行きたいのか？」

「うんっ！」

そして、最終確認であるハルの質問にエミリは元気よく頷いていた。

「なんで俺たちを選んだんだ？　俺たちは冒険者で旅人だ。今日みたいに戦いに巻き込まれたり、旅続きの不安定な暮らしや、自由に食事をとれない時もあるかもしれない――それでもいいのか？」

「もちろんなの！」

ハルの問いかけにエミリは元気よく返事をする。

「あの大きな魔物と戦っていた時、怖かったし泣いていたけど、二人の戦いを少しだけ見ていたの……ルナリアはわたしのことをかばって守ってくれたの。そんなわたしたちのことをハルは守ってくれたの。だから……」

二人のことを一番信頼《しんらい》している。

真剣《しんけん》な表情の彼女の目はそう訴《うった》えていた。

「わかったよ。どうなるかわからないけど、エミリの面倒は俺たちが見よう。ルナリア、構わないな？」

「はいっ！」

エミリがどうなってしまうのか不安があったルナリアだったが、自分たちと一緒にいることになったため、笑顔で返事をしていた。

「なにか困ったことがあれば騎士団《きしだん》かギルドに相談してくれていい。君たちの旅についていくのを辛《つら》いと思ったら、そう言ってもらえればこちらでもなにか対処を考える」

「大丈夫なの！」

騎士隊長の言葉に不満そうなエミリは頬《ほお》を膨《ふく》らませる。

「わ、悪かった。だが、万が一を考えてだな……いや、すまなかった」

言い訳をしようとするが、エミリの表情が変わらないため、騎士隊長は自分から折れることにした。

「うん、わかったならいいの」

「ははっ、騎士隊長も形なしだな。まあ、俺たちは疲れたから先に戻らせてもらうよ。あとのことは頼む」

「任せてくれ」

騎士隊長はハルの言葉に自らの胸をドンと叩《たた》いて請《う》け負《お》った。


村に来た時と同様に、ハルたちは借りた馬に乗って街へと戻っていく。

後ろにルナリア、前にエミリ、挟《はさ》まれる形で真ん中にハルという三人乗りになるが、行きとは異なり、ゆっくりとした帰路であるため、馬の負担も少なかった。

「しかし、どうしたものかな」

「どう、とは？」

考え込むようなハルの呟《つぶや》きに、きょとんとしたルナリアが反応する。

「いや、エミリと一緒に旅をするのは問題ないんだが、少人数パーティだからゆえに、大勢の敵と戦うことになった場合、エミリのことを守れるかと思ってな」

「なるほど、確かにそれはそうですね。エミリさんを守りながらの戦闘《せんとう》となると、私たち二人のどちらかは逃げに徹《てっ》して、どちらかが戦う、という状況が多くなるかもしれません」

それは一方にのみ負担を強《し》いるため、良い状況とは言えなかった。

「──わたしも戦うの」

凛《りん》としたその声はエミリのものだった。

「聞いていたのか」

ハルに身体《からだ》を預けたまま、エミリは首だけ振り返《かえ》る。

「うん、この距離だから当然聞こえるの。で、二人の足手まといにならないように、わたしも戦うの」

エミリはそう言って両手で拳を作る。

その様子はかわいらしく、戦うことを宣言する姿は微笑ましいものだった。

「で、でもエミリさんはその、子どもですよね？」

子どもだから戦えないということもないが、一般的《いっぱんてき》に子どもは庇護《ひご》の対象であるため、ルナリアは戸惑《とまど》っている様子だった。

「うん、でも戦うの！」

ルナリアの言葉を意にも介《かい》さず、にっこりと笑って戦う宣言をするエミリ。

無邪気《むじゃき》さいっぱいの彼女からは役に立ちたいという気持ちが伝わってくる。

そんな二人のやりとりを見ながら、ハルは一つ気になることがあった。

「もしかして……」

ハルたちとエミリは、ここまで短い時間しか接していない。

しかし、エミリがなんの考えもなくそんなことを口にするような子だとも思えなかった。

それゆえに、ハルは彼女の能力を確認《かくにん》する。

＊＊＊＊＊＊＊＊＊＊＊＊＊＊＊＊＊＊＊＊＊＊＊＊＊＊＊＊＊＊
名前：エミリ　性別：女　レベル：－
ギフト：体術2、格闘《かくとう》術2、魔闘術1、先読みの魔眼《まがん》
加護：武神ガイン　呪《のろ》い：弱体の呪い
＊＊＊＊＊＊＊＊＊＊＊＊＊＊＊＊＊＊＊＊＊＊＊＊＊＊＊＊＊＊

「――って、エルフで武術かよ！」

能力を確認したハルは思わず大きな声で突っ込んでしまう。

エルフ種は魔力が強く、魔法《まほう》系のギフトを持つものがほとんどである。

武器を使って戦うものもいるが、筋力に特化しているわけではない彼らは弓術《きゅうじゅつ》や細剣《さいけん》

術《じゅつ》を使うものが大半だった。

その中にあって、エミリのギフトは異端《いたん》である。

「すごーい、ハルはわたしの力がわかるの？　うん、わたしね、魔法は下手だったけど、武術が得意なの……ただ、身体が小さいからまだまだ力を使いこなせてないの……」

戦う力はあるが、それが使えないことに歯がゆさを感じている。

そんな悔《くや》しさがエミリの顔に滲《にじ》みでていた。

「……にしても、どうしてこう、俺のもとには呪い持ちが集まるんだ」

ため息交じりのハルの呟きに今度はルナリアが驚く。

「――えっ⁉　もしかして、エミリさんも？」

ルナリアも以前呪いがかけられており、それをハルに解除してもらったことで魔法を自在に使えるようになった。

そして、目の前にいるエミリも同じ呪い持ちであるとのこと。

その事実は、ルナリアからエミリに対して妙《みょう》な親近感をもたらすことになる。

「の、ろい……？」

聞きなれない言葉にエミリが首を傾《かし》げた。その瞳《ひとみ》は不安そうに揺《ゆ》れている。

「あぁ、力を使いこなせない原因だが、身体が小さいからっていうのは確かに一因だとは思う。だけど、エミリが本来の能力を使いこなせない最大の理由は呪いがかけられているせいだ」

のろいというのがなんなのかわからないエミリ。

しかし、ハルの話からどういうことなのか理解していた。

「その……のろい、っていうのがなんとかなれば、わたしは戦えるの？」

縋《すが》るように見上げるエミリの瞳に強い光が灯《とも》る。

ハルは『成長』に目覚めるまで戦う力を持たなかった。

ルナリアは呪いが解けるまで満足に魔法を使うことができなかった。

そこにきて、そんな二人と似た境遇《きょうぐう》にある少女。

彼女も力を使えずに悩《なや》み、苦しんでいた――そんな彼女に見えた光明。

「あぁ、もちろんだ。そうなれば持っている力を全て使って戦うことができるはずだ。つけ加えると、呪いを解く方法は俺が持っているから安心してくれていい」

エミリを安心させるようにニッと笑いながら力強く言うハル。

「っ……う、うぅっ……」

ハルの言葉に一瞬《いっしゅん》目を大きく見開いたエミリはふるふると震《ふる》えたのち、小さな手で顔を隠《かく》しながら涙《なみだ》を流す。

彼女の気持ちが伝わってきたハルは何も言わずに彼女の頭を撫でた。

街に到着した頃《ころ》にはエミリも泣き止《や》んでおり、目元が赤いものの、その顔には無邪気な笑顔が戻っていた。

「まあ、とりあえずは宿に行こう。さすがに疲れた」

「うん！」

馬は街の入り口で返却《へんきゃく》し、歩いて宿に向かうが、エミリの足取りは軽く飛《と》び跳《は》ねるかのように、ステップを踏んで二人の少し先を行く。

「ほら、後ろ向きで歩くと転ぶぞ。こっちに来るんだ」

「うん」

ハルの指示に従ってエミリは隣《となり》にやってくる。そして右手をハルに差し出す。

「あぁ、それが安全だな」

エミリの笑顔につられるように表情をやわらげたハルは左手で握《にぎ》り返す。

「ルナリアも！」

にぱっと笑ったエミリは左手をルナリアに差し出して、ルナリアも笑顔でそれを握り返した。

人族、獣人族《じゅうじんぞく》、エルフ族――三人の種族は異なるが、はたから見たらまるで親子のようした。

であり、道行く人々も仲良く歩く三人のことを微笑ましく見ていた。

宿にたどり着いて、エミリの分の料金を追加で支払《しはら》ってから部屋へと向かう。

ベッドは子ども用の簡易ベッドをあとで用意してくれるとのことだった。

体調が万全《ばんぜん》な状態で解呪《かいじゅ》を行いたかったため、その日はすぐに就寝《しゅうしん》することとなる。

翌朝

「それじゃあ、エミリ。そのベッドに座《すわ》ってリラックスしてくれ」

「はい……」

緊張《きんちょう》しているのか、がちがちに固まった身体でベッドに座るエミリは、言葉遣《ことばづか》いもいつものものとは違《ちが》い、表情も硬い。

「ははっ、リラックスって言ってるのに正反対の顔だな」

「うぅ、だってぇ……」

緊張で固まるエミリを見て、思わずハルは笑《え》みをこぼす。

これまでの自分から大きく変化するかもしれない。

それが彼女に緊張をもたらしていたようだ。

「まあ、いいさ。今から解呪するから目を瞑《つぶ》ってくれ」

「は、はい」

緊張が抜《ぬ》けないエミリだが、ぎゅっと目を瞑りながらも怯えている様子はなく、ハルのことを信じているようだった。

ハルはベッドに座ったエミリの頭に軽く手を乗せる。

一瞬ビクリと震えたが、ハルの温《ぬく》もりが手のひらから伝わったため、エミリの身体の力が抜けていく。

「いくぞ……【解呪】！」

スキル名を口にすると、ハルの手が光り、続いてエミリの身体が淡《あわ》い光を放っていく。

「わ、わわわっ！　な、なんか光ってるよ⁉」

驚いて声を出すエミリだったが、ハルは解呪することに集中しているため、反応をすることができない。

「エミリさん、ハルさんを信じて動かずにいて下さい」

いつの間にかルナリアがエミリの隣に移動しており、優しく微笑みながら手を握って声をかける。

ルナリアの笑顔に安心したエミリは、静かに頷いて返した。

エミリを包む光が強くなり、最大まで輝《かがや》いたところで徐々《じょじょ》に収まっていく。

「……ふう、これで完了《かんりょう》だ。どうだ？　何か変わった気がするか？」

解呪が終わったため、ハルはエミリに自身の身体に変化がないか尋ねる。

「う、ううん？　どうだろ？　変わったような気はするけどそれが何かって聞かれるとわからないの……」

何かが変わった、そんな感覚はある――しかし、それがなんなのかわからないため、不思議そうな表情で自分の身体をペタペタと触《さわ》っている。

「エミリさん、その気持ちすごくわかります。私も同じ経験をしましたから」

柔《やわ》らかく微笑んだルナリアが、エミリの肩に手を置いてうんうんと何度も頷いていた。

「一応確認をしておくか……」

ハルは鑑定《かんてい》でエミリの能力を確認する。

＊＊＊＊＊＊＊＊＊＊＊＊＊＊＊＊＊＊＊＊＊＊＊＊＊

名前：エミリ　性別：女　レベル：1
ギフト：体術2、格闘術2、魔闘術1、先読みの魔眼
加護：武神ガイン

＊＊＊＊＊＊＊＊＊＊＊＊＊＊＊＊＊＊＊＊＊＊＊＊＊＊＊

「あぁ、ちゃんと解呪されているな。まあここで力を発揮されても困るから外に行こう」

ふわりと表情をやわらげたハルは立ち上がると、部屋を出て行く。

顔を見合わせたエミリとルナリアも慌《あわ》ててそのあとをついていった。

先を歩いていくハル。しかしその速度は歩幅《ほはば》の小さなエミリを思いやったもので、二人はすぐにハルに追いついていた。

「どこに行くの？」

隣に来たところで、左手でハルの手を握りながら質問をするエミリ。

「あぁ、言ってなかったか。エミリの力を確認しようと思ってな。何かぶん殴《なぐ》るものがあるところに移動しようと思う」

詳《くわ》しい説明をしていなかったことを思い出して、ハルが答える。

「魔物、ですか……？」

子どもであるエミリにいきなり実戦で試《ため》させてもいいものかとルナリアが心配する。

「いや、とりあえずは俺が相手になってもいいし、木を殴ってもいいかと思ってる」

「なるほどです。それで力を確認したら、実戦ということですね」

ハルの案にルナリアは納得《なっとく》したため、微笑みながら頷いていた。

「楽しみだねっ」

これまで自分の力を発揮することができなかったエミリは、ワクワクしていた。

具体的に何が変わったのかは本人もわかっていないが、それでも何か変化はあるように感じている。

そして自らが信じるハルも呪いが解除できたと言っている。

ならば、きっと自分には大きな変化が起きているのだろうと信じている。

「まずは街から離《はな》れた場所で色々試してみよう」

ハルの言葉に二人は頷いて、街の外へと向かっていく。

街から数十分歩いたところで草原に生えている木のふもとにハルたちの姿はあった。

「さて、この木には申し訳ないけどエミリの練習台になってもらおう。準備はいいか？」

「しゅっしゅっ！　任せて、なの！」

エミリは拳《こぶし》を軽快に突《つ》き出しながら身体を温めている。

「いきなり全力はやめておけよ？　まずは軽くあてることを考えるんだ。自分の身体がちゃんと動くか、攻撃に使えるか、それが重要だからな」

「はいっ！」

ハルの言葉をしっかりと自分の中で理解してから手を挙げて元気よく返事をするエミリ。

気合の入った表情で木と向き合うと、すっとこぶしを握る。

その拳にはルナリアが拳を痛めないようにと用意した布が巻かれていた。

「それじゃ……開始！」

ハルの言葉を合図に、エミリが強く足を踏み込み、瞬時《しゅんじ》に木に駆け寄《よ》って拳を繰《く》り出していく。

無言で次々と放たれる拳。

木に当たらないギリギリを狙《ねら》っているように見える。

しかし、拳から放たれる衝撃波《しょうげきは》が木の表面にその爪痕《つめあと》を残していた。

一発、二発……十発、二十発、エミリの拳は止まらずに繰り出され続ける。

「――すごいな」

エミリの動きが徐々に速くなっていくのを見て、ハルは思わずそう呟いていた。

「はい……」

見惚《みと》れるようにエミリを見るルナリアも驚いていた。

的確に同じ距離《きょり》を保ってギリギリ当たらないように拳が撃《う》ちだされている。

「しゅっ！　しゅっ！」

エミリが自分の身体の使い方に慣れてくると同時に、拳と木の距離はミリ単位で縮まっていく。

木と拳の距離がゼロになり、拳が数発命中したところでエミリが強く左足を踏み込んだ。

「せやあああ！」

踏み込んだのと同時に気合のこもった声をあげる。

大きく振りかぶった渾身《こんしん》の一撃《いちげき》が木に向かって打ちだされた。

命中するとドゴンという大きな音と衝撃波が周囲に響《ひび》き渡《わた》る。

次の瞬間《しゅんかん》、メキメキと音をたてて木が真っ二つに割れていく。

「わ、わわあああああぁ！」

自分でやったことだというのに、エミリは驚いて声をあげていた。

夢中になってやっていたため、これほどの威力《いりょく》があるとは思ってもいなかったようだ。

真っ二つに割れた木の半分が斜《なな》めに倒《たお》れ、近くにいるエミリを巻き込もうとしている。

しかし、驚いているエミリはその場を動けずにいた。

「危ない！」

それを見たハルは走って飛び出して、エミリを庇《かば》う。

ミシミシという音を立てながらハルの背中に木が倒れてくる。

「きゃああああ！」

エミリは自分だけでなくハルまで巻き込んでしまう恐怖《きょうふ》に怯《おび》え、悲鳴をあげる。

「大丈夫《だいじょうぶ》だ」

倒れた木はハルの背中にぶつかるが、皮膚《ひふ》硬化《こうか》、筋力強化、そして竜鱗《りゅうりん》を背中に発動していたため、ハルはダメージなく防ぐことができていた。

「ふう、なんとかなりましたね」

少し遅《おく》れて、ルナリアが風魔法で重さを軽減させていく。

木の重量のほとんどをルナリアが受けてくれている間に、ハルはエミリを抱《かか》えて横に移動して木を回避《かいひ》する。

「エミリ、怪我《けが》はなかったか？」

安全な場所まで離れたところでエミリの怪我をハルが確認していく。

見た限りでは怪我はなく、拳を布の上から触るが、こちらも怪我はなさそうでハルは安心する。

しかし、当のエミリから反応はない。

「ど、どうした？」

「ど、どうしました？」

その様子を見たハルとルナリアが何かあったのかと慌てて声をかける。

呆然《ぼうぜん》としたエミリの目には、みるみるうちに大粒《おおつぶ》の涙が浮《う》かんで顔をくしゃくしゃにしていく。

「――わ」

「「わ……？」」

こみ上げる涙に唇をかみしめたエミリの言葉を聞き返す二人。

「っ……わあああああああああああああああああん！　ハルっ、ごめん、わあああああん！」

次の瞬間、大きな瞳いっぱいに溜《た》め込んだ涙腺《るいせん》が決壊《けっかい》し、次々にぼろぼろと涙が零《こぼ》れていく。

彼女《かのじょ》は自分の力を発揮できた喜び、木が倒れて来たことへの恐怖心《きょうふしん》、ハルを危険な目にあわせてしまったことへの罪悪感から泣いていた。

大声をあげて涙を流すエミリに、戸惑いながらもハルは頭を撫で、優しく微笑んだルナリアは背中をゆっくりとさすっていた。

エミリが泣《な》き止んだのはそれから三十分ほど経過したころだった。

「うううぅ……」

先ほどまで泣きじゃくっていたエミリは、そのことを思い出して内心とても恥《は》ずかしく思っているようで、両手で顔を隠してもじもじとうずくまっていた。

「うふふ、いいんですよ。気持ちわかります」

彼女が何を思っているのか理解できるルナリアは、聖母のような笑顔でエミリの背中をさすっていた。

「あぁ、俺《おれ》もルナリアも同じだったからな――それよりもエミリ、かなり強いな」

表情をやわらげたハルはエミリの頭を撫でて、彼女の力を認める言葉をかける。

「う、うん、ありがとう。でも、なんか嬉《うれ》しいの。自分の力で戦えるんだって初めて知ったの……ずっとギフトがあるのはわかっていたのに、何もできなかったから……」

いろんな熱い感情が胸にこみ上げているエミリは、その思いを抑《おさ》えるように自分の手を握ったり開いたりしている。

今でも自分の力が本当に使えることを不思議に思っている。

「エミリ、お前にかかっていた呪いは消え去った。だから大丈夫だ。今まで使うことができなかったその力は、全《すべ》てエミリのものになっているからな」

膝《ひざ》をついたハルは目線をエミリに合わせて、静かに、優しい声色《こわいろ》で声をかける。

背中に感じるルナリアの体温、そして優しい表情で語りかけるハル。

じんわりとしみわたるような二人の優しさにエミリの気持ちも落ち着いていく。

「うん……二人ともありがとう。もう、大丈夫なの」

「ふふ、エミリさん、いい表情ですね」

ルナリアもハルの隣に移動し、エミリの手を握りながら微笑んだ。

「うん――うん！　もう大丈夫！　元気なの！　改めて……二人ともありがとうございます。身寄りもないわたしと一緒《いっしょ》にいてくれて、わたしが力を使えるようにしてくれて……それに今も呆《あき》れずに、怒《おこ》らずに一緒にいてくれてありがとうなの」

落ち着いたエミリは、はじけるような笑顔でそう言った。

彼女のその表情を見てハルとルナリアも優しく微笑んだ。

「さて、それじゃあ街に戻《もど》るか。オークションの結果も気になるし、エミリの装備も用意しないとだしな」

ハルはエミリの頭を軽くポンっと叩くと立ち上がり、街へと向かう。

「はいっ！」

「うんっ！」

先行するハル、その後ろを二人が追いかけていく。

ウキウキした足取りの三人は数十分で街に到着する。

「さてと、それじゃあまずは武器屋に行こうか」

ハルはエミリの装備を買うことを優先する。

力を手に入れたからには、それを上手に活用するための武器が必要になる。

そのための選択《せんたく》だった。

ルナリアとエミリもその提案に異存はなく、笑顔で頷《うなず》いている。

「確かあっちにいい感じの武器屋があった気がする……」

街に到着《とうちゃく》した時にルナリアがカフェを見つけていたように、ハルもちょっと気になる武器屋を見かけていた。

大通りを進んでいき、目立つ大きな武器屋、これを通り過ぎる。

「「えっ？」」

ルナリアとエミリは驚《おどろ》いて思わず声を出してしまうが、ハルの足は止まらない。

「確か、こっちに……」

ハルはそのまま一つの路地に入っていき、少し進んだところで足を止める。

「――ここだ」

そこには確かに武器屋があった。

「ここ、ですか？」

「ここ、なの？」

大通りにある武器屋とは違い、小さな店構えで、おまけ程度の看板が店の前に置いてあるだけで、看板以外から武器屋だという情報を得ることができない。

「さあ、入ろう」

しかし、ハルはこの店が気になっていて、ここなら面白《おもしろ》いものがあるかもしれないと思っていた。

「「「わあっ」」」

店に入った三人は驚くこととなる。

外観に対して、中は広く、多くの武器が綺麗に陳列《ちんれつ》されている。

冒険者《ぼうけんしゃ》ギルドと同じく空間魔法によって広さが確保されていた。

「これはすごいな」

見やすいだけでなく、並んでいる武器も一線級のものだった。

剣《けん》も槍《やり》も斧《おの》も弓もナイフもと、ありとあらゆる武器がそろっている。

それだけでなく、防具までもが陳列されていた。

「えっと……わたしが装備するとしたら……」

エミリはキョロキョロと店内を見回しながら自分に向いた武器を探していく。

しかし、身長が高くない彼女はどこに何があるか全てを見ることはできないため、困ったような表情でウロウロと歩き始める。

「エミリ、こっちだ」

それを察したハルがエミリの戦闘スタイルにふさわしい装備の場所へと先導し、案内する。

「ふわあ、こんな武器もあるんだねえ」

そこに並んでいるのはナックルと呼ばれる拳に装着する武器だった。

籠手《こて》の一種のようなものであり、拳の部分が傷つかないように負担を減らす造りになっている。

その表面には強固な金属がついており、これで殴ることで、強力なダメージを与《あた》えることができる。

剣や槍などを使う冒険者は多い。そういったギフトを持っている者も少なくない。

しかし、ナックルに適性のあるギフトを持っている者は少ない。

「お客さん、そちらの武器に興味をお持ちですか？」

ゆえにそれが気になった店員が声をかけてくる。

恰幅《かっぷく》が良く、いかにも商人といった様相の男性だ。

「あぁ、この子が装備する武器を探していてね」

すると、男性の目がキラリと光った。

すぐさま彼《かれ》の頭の中で店の商品たちの検索《けんさく》がかかっているように見える。

「なるほどなるほど、それならばこちらなどはいかがでしょうか？」

さほど時間がかからずに店員が出してきたのは、拳の部分に緑色の金属がついているものだった。

「ほう……なんでこれを？」

ただ高い物を薦《すす》められてはかなわないとハルが理由を問う。

「そちらのお嬢《じょう》さんは拳を使って戦うのに向いているようですが、魔力《まりょく》も秘《ひ》めていらっしゃる様子。こちらの武器は魔力を流し込むことで本来の力を発揮することができるのですよ。魔力を込めて、インパクトの瞬間にそれを発動することで強力なダメージを与えることができます」

それを聞いてハルはナックルを鑑定する。

＊＊＊＊＊＊＊＊＊＊＊＊＊＊＊＊＊＊＊＊＊＊＊＊＊＊

種別：ナックル　名称《めいしょう》：魔《ま》導拳《どうけん》（鳳凰《ほうおう》）
説明：魔力との親和性の高い金属が拳部分に埋《う》め込まれた武器。

魔力を流すと金属の色が緑から赤へと変化する。

流し込んだ魔力を発動することで、大きな爆発《ばくはつ》を生む。

＊＊＊＊＊＊＊＊＊＊＊＊＊＊＊＊＊＊＊＊＊＊＊＊＊＊

「確かに……これは良さそうだな。エミリ、ちょっと着けてみてくれ。いいよな？」

「もちろんです、お嬢さん着けてみて下さい」

「う、うん」

ハルと店員に言われて、エミリは魔導拳（鳳凰）を受け取って装備してみる。

装着者の身体にフィットするように自動補正加工がなされているため、小柄《こがら》なエミリの手にピッタリのサイズになる。

「試してみるの」

「それでは、こちらでどうぞ。開けた場所になっていますので魔力の発動をしなければ、お好きに素振りをして頂いて結構です」

店の中でも少し開けた場所に移動して、エミリは軽く拳を打ち出してみる。

一発、二発、三発……合計十発の拳を繰り出《だ》したところで、拳を止める。

次にナックルへ意識を集中させて魔力を流していく。

すると、ハルの鑑定の結果のとおり、金属部分が緑から赤へと変化していく。

もちろん魔力の発動はさせないが、そのままの状態で拳を打ち出す。

「ふっ！　ふっ！」

数発打ち出したところで、流していた魔力を止める。

「ふう、これ……すごいの！　そんなに重くないし、魔力を流すと重さも感じなくなるの！」

さきほどまでの真剣な表情から一変、エミリは興奮してハルのもとへ駆《か》けつけ、きゃっきゃとはしゃいでいる。

その様子を見たハルの結論は早い。

「――買う。いくらだ？」

エミリの様子を見て即答《そくとう》したハルに、店員もエミリも驚いている。

ルナリアはハルの判断がそうであると予想をしており、ニコニコと見守っている。

「え、ええっと、こちらになります……」

一瞬《いっしゅん》驚き固まった店員は慌てたようにナックルが置かれていた場所にある値札をハルに見せる。

「わかった、これで足りるな？」

ハルはためらうことなくカバンから金を取り出して全額一括《いっかつ》で支払う。

この一連の動きの速さに、店員もエミリも呆然と口を開けたまま見ていた。

魔導拳（鳳凰）は他の武器と比べて決して安いとはいえない。

しかし、全く迷いなく支払ったハルの器の大きさを理解しているルナリアだけは驚く様子がなかった。

「あ、ありがとうございます。今、数えるので少々お待ちを！」

いいものには金を惜《お》しまない上客であると判断した店員は、気が変わらないうちにと、すぐさまカウンターの上に置かれた金を数えていく。

当のエミリはといえば、大金を使わせてしまったことに戸惑っている。

「エミリさん、いいんです。私たちはなかなかにお金持ちですし、装備をケチってエミリさんに何かあった時の方が後悔《こうかい》してしまいますから」

ウインク交じりにルナリアがそう言うと、完全には納得していないもののエミリは頷く。

しばらくすると店員が数え終わった。

「ありがとうございます、丁度頂きます！」

いい武器が買えたことに喜ぶハルたち、値段の張る武器が売れたことに喜ぶ店員、双方《そうほう》が満足そうな表情をしていた。

第四話　オークション

「さて、これで装備も用意できたことだし、次はギルドに報告に向かうか」

ハルたちが村を襲《おそ》った盗賊《とうぞく》たちを倒したあと、騎士団《きしだん》、警備隊、冒険者ギルドから援軍《えんぐん》がやってきた。

しかし、彼らが到着した時にはメインの戦いは終わっていた。

ゆえに何があったのかはハルたちが一番知っているため、報告の義務がある。

そう判断したハルとルナリアはエミリを連れ立って冒険者ギルドへと向かう。

到着したハルが受付で簡単な説明をすると、すぐにギルドマスタードラクロへと話を通してもらい、部屋へと案内された。

「――それで、一体何があったんだ？」

険しい表情で質問するドラクロを見て、怯えたエミリは思わずルナリアの陰《かげ》に隠れる。

「おいおい、小さい女の子がいるんだから少しは笑顔《えがお》になってもいいんじゃないのか？」

呆れ交じりのハルの指摘《してき》を受け、ドラクロは余計難しい表情になっている。

「そんなことよりも、早く説明をしろ」

ドラクロはハルの言葉を冗談《じょうだん》と判断して、話を急《せ》かすことにする。

「はあ、わかったよ。俺たちは紅茶とケーキを食べてから大通りを歩いていた。そうしたら、街の入り口が騒《さわ》がしいから駆けつけてみた。そこにいたのは、一番近くの村の住人で身体もボロボロだった」

やれやれとため息を吐《つ》き、ことの始まりから説明するハル。

ドラクロは事前に聞いていた情報と照らし合わせるようにハルの話に耳を傾《かたむ》ける。

「俺とルナリアは近くにいたやつに馬を借りて村へと急いだ。見ていた人には冒険者ギルドへ連絡《れんらく》するように伝えて、その後は話が来たと思う」

あとから冒険者がかけつけたことから、そういうやりとりがあったのだろうと予想する。

「その通りだ。話を聞いた俺は、すぐ動ける冒険者を募《つの》って騎士団や警備隊と協力させて村に向かわせた。ただ、話を聞いて、それをもとに募集《ぼしゅう》をかけて、更《さら》に集まったやつらに指示を出してと、動き出しは遅《おそ》くなってしまった」

もっと早く動けなかったものかと悔しげな表情のドラクロは、反省しながら自分の行動を振《ふ》り返っている。

「あぁ、おかげで色々と手伝ってもらえたから助かったよ。それに、早く動いていたとしても、状況《じょうきょう》が好転していたかはわからない……とにかく、俺たちは馬に頑張《がんば》ってもらって村へと急いだ」

ハルは話を続ける。

「そこは地獄《じごく》のようだったよ。村は焼け、人は死に、盗賊と魔物《まもの》が闊歩《かっぽ》していた。俺とルナリアは、盗賊と魔物たちを倒しながら村の中央に向かって行った」

村での光景を思い出しながら話すハルの表情は険しいものになっている。

「頭目の男はひと際強《きわ》そうな魔物を連れていた。そいつとの戦いの最中に彼女と出会ったんだ――エミリ、挨拶《あいさつ》をしてくれ」

ハルに促《うなが》され、ルナリアの陰から顔を出したエミリは立ち上がって少し服を整えたのち、自己紹介《しょうかい》を始める。

「わたしの名前はエミリです。見てお分かりのとおり種族はエルフです。村で盗賊に襲われていたところを、ハルとルナリアに助けてもらいました。よろしくお願いします」

緊張しながらもエミリがしっかりと挨拶をして、再びハルとルナリアの間に座る。

ふっと表情をやわらげたハルはそんな彼女の頭を撫《な》で、聖母のように微笑《ほほえ》むルナリアは背中を撫でていた。

当のエミリは二人に褒《ほ》めてもらえたことでふにゃりととろけるような笑顔で、頬《ほお》を赤く染めていた。

「なんともはや、うまく手なづけたものだな」

三人を見て呆れるように言うドラクロ。

しかし、この言葉はよくなかった。

「っ……手なづけられてなんかないの！」

ドラクロに向かって大声を上げながらエミリは顔を赤くして立ち上がる。

今度は先ほどの照れた様子とは異なり、怒《いか》りの表情だった。

「二人は手なづけようとなんてしてないの！　ただただ優《やさ》しくしてくれただけなの！」

我慢《がまん》できないと言わんばかりにドラクロを怒鳴《どな》りつけるエミリ。

彼女は息荒《あら》く、今にもつかみかからんばかりに敵意をむき出しにしている。

「エミリ、いいんだ。わかっているよ。ドラクロだって何も本気で言っているわけじゃないんだ、座ろう」

「そうです、エミリさん。ドラクロさんは見た目ほど悪い人じゃないですよ。落ち着いて下さい」

優しく二人に声をかけられて、エミリは渋々《しぶしぶ》着席することにする。

「エミリだったな……すまない。失礼なことを言った」

自分の言葉が誤りだったことを知ったドラクロの決断は早く、すぐに深々と頭を下げてエミリに謝罪する。

この反応は予想していなかったらしく、きょとんとしたエミリの怒りはどこかへ消えて、それ以上に驚きに満ちていた。

「ははっ、こういうやつなんだよ……といっても、俺もこんなにあっさりと頭を下げたのには驚いたけどな」

ドラクロの誠実な対応に笑顔になるハルは、いかにも自分はドラクロのことを知ってますといった反応をした。

しかし、反応してみたものの言うほどドラクロのことを知らないなと思いなおす。

「ふふっ、でもこれだけ素直《すなお》に謝罪をされたら受け入れないわけにはいかないですよね？」

意固地にならないでという思いで、ルナリアがエミリに声をかける。

「……うん、わかった。ドラクロの謝罪を受け入れるの。怒鳴ったりしてごめんなの」

気持ちが落ち着いたエミリも自分の行動を反省して謝罪をする。

「いや、俺が悪かったからいいんだ。ふう、いかんな……思わず口が悪くなってしまう。気をつけんとな」

それに対して自分の頭をパンパンと叩《たた》いて、自分を戒《いまし》めるドラクロ。

「さて、それじゃあ話を戻そう。盗賊たちは最初に話したように魔物を連れていた。頭目はオーガキングを連れていた」

「はあっ⁉　オーガキング？　そんなやつをどうした……ってお前たちが無事ってことはそいつを倒したってことか！」

ドラクロは驚いて立ち上がる。

「……いや、ベヒーモスを倒したくらいだから、それくらいはやるのか。にしても、恐《おそ》ろしいCランク冒険者だな」

改めて口にするが、二人のランクから考えて、ありえないほどの実績だとドラクロは驚いている。

「とにかく頭目と魔物を倒した俺たちは、騎士団、警備隊、冒険者の連合部隊が来たところで、エミリのことを知っているやつがいないか確認《かくにん》したんだ。だけど彼女は村の外部の者で、保護者が既《すで》に亡《な》くなっていたこともわかった。そのあと、彼女の希望で俺たちに同行することになったんだ」

細かい戦いの部分を端折《はしょ》って説明するハル。

その部分はドラクロもどうでもよかったらしく、ツッコミはいれない。

「なるほどな、まあ身寄りがなくお前たちについて行きたいと本人が望むなら問題はないだろう。困ったことがあればここに来てくれれば力にもなれる。まあ、色々大変なこともあるかもしれないが頑張れ」

ドラクロは結果を残しているハルとルナリアのことを気に入っており、更には失礼な言葉を投げかけてしまったエミリのことも気にかけてこんなことを言ってくれた。

「ありがとう、助かるよ。とりあえずまあ、これが今回の事件の報告だ。あの盗賊たちがなんで魔物を連れていたのかはそっちで調査してくれ。頭目は魔族《まぞく》がどうとか言ってた気がするが……俺たちは少し疲《つか》れたから休ませてもらう。じゃあな」

「あぁ、助かった。まだオークションのことで街にいるだろうから、何かあったらあとで聞かせてもらうぞ。にしても魔族か……」

ハルたちが部屋を出ていくのを見送りながら、ドラクロはハルが最後に言った言葉が気になっていた。

三人がギルドマスターの部屋を出て下の階に下りていくと、そこにはハルたちを待っていたチェイサーの姿があった。

「ハルさん、ルナリアさん、お疲れ様《さま》です。えっと、そちらのお嬢さんは……？」

チェイサーは二人だけだと思っていたため、傍《かたわ》らにエルフの少女がいることに首を傾《かし》げていた。

「あぁ、二人は初めてだったな。紹介しよう。この子はエミリ、俺たちの新しい仲間だ。——エミリ、こっちは俺たちが取ってきた素材のオークション出品を代わりにやってくれているチェイサーだ」

「わたしの名前はエミリ。チェイサー、よろしくなの」

一歩前に出てぺこりと頭を下げるエミリ。

慣れているハルたちに見せる表情とは違《ちが》う少し硬《かた》い顔をしていた。

緊張《きんちょう》からかどこかそっけない口調だったが、可愛《かわい》らしい見た目であるため、それが気になることもなかった。

「はい、よろしくお願いします。私はチェイサーと言います。このギルドの職員です」

反対に幼いエミリに対しても敬語を使うチェイサー、と対照的だが互《たが》いに第一印象は良いものだった。

「それで、ここにいるってことは俺たちを待っていたんだと思うけど……」

なんの用事があるのかと、ハルが確認する。

「あぁ、そうでした。用事というのは……いえ、ここではなんですのであちらの部屋に行きましょう」

オークションの内容をここで口外するのは良くないと判断したチェイサーは声を少し抑

えつつ、三人を空いている部屋へと案内する。

「ここなら大丈夫だと思います。お話というのは、オークションのことです。思っていたよりも手続きがスムーズに進みまして、既に会場のほうに展示してあるのですが、興味を持った方が何人かいらっしゃるようです」

この情報はハルたちにとって、良い情報だった。

「早いな……それで、悪いほうの話は？」

昨日頼《たの》んで、まだ朝だというのに、ひと通りのことが終わっているという高速進行だったために、ハルは思わずこんな質問をしてしまう。

「え？　い、いえいえ、悪い話はありません。それよりも、早速《さっそく》になりますがオークションの会場をご覧になりませんか？　ハルさんたちの品物がどのように並べられているか。それに、他にもたくさんの方が出品されていますので、そちらを見るのも楽しいと思われますよ」

その提案に耳がピクリと動いたのはエミリだった。

オークションという聞きなれない単語に興味津々《きょうみしんしん》の様子だ。

「あぁ、それはいいかもしれないな。俺たちが欲《ほ》しいと思うような物もあるかもしれない」

「ええ、そうですね。是非《ぜひ》行ってみましょう」

ハルが答え、嬉しそうに手を合わせたルナリアが賛同する。

二人の視線は揃《そろ》ってエミリに向いており、彼女が興味を持ったことをさせてあげたいと思っていた。

「……行くの⁉」

ハルたちの言葉に目を輝《かがや》かせながら確認するエミリ。

その嬉しそうな様子にハルもルナリアも笑顔で頷いていた。

「やった！　楽しみ！　チェイサー、会場はどこにあるの？　すぐいけるの？　わたしも入れるの？」

「え、えっと、その……」

エミリが次々に質問を投げかけるため、チェイサーは思わず数歩後ずさってしまう。

詰《つ》め寄るエミリの肩にハルが手を置く。

それに反応して、エミリはハルの方へ顔を向けた。

「エミリ、そんなに質問責めにしたら答えられるものも答えられないだろ？　あんまりチェイサーのことを困らせるのはダメだ。会場には行くから、一旦《いったん》落ち着け」

「うぅ、ごめんなさいなの……チェイサーもごめんなさい」

ぽんと頭を撫でられながらハルの指摘を受けて、自分が悪いと判断したエミリは素直に頭を下げて謝罪をする。

「いえいえ、構いませんよ。すみません、私も少し驚いてしまったのでうまく答えられませんでした」

謝罪を受け入れたチェイサーは、自らにも非があると柔《やわ》らかな笑《え》みで謝罪をした。

「ごほん、それでは改めてお話ししますね。会場のある場所は、街はずれになりますのでご案内します。出発はいつでも構いません。私も時間が空いていますのでご希望であれば今からでも大丈夫です。それと、私が出品代行を行っていますので、最大四名まで同行者を連れて入場できます。つまり……」

咳払《せきばら》いをして説明をしていたチェイサーはそこで言葉をきり、笑顔でエミリに話を振る。

「わたし、ハル、ルナリアで三人！　うん、大丈夫なの！」

ハッとしたようにひとりひとり見ながら人数を数えたエミリは満面の笑みでチェイサーに人数を報告する。

「はい、大丈夫です――というわけですが、いかがしましょうか？」

チェイサーはエミリに頷いて返すと、ハルに今後の動向を質問する。

「俺たちの予定は空いているから大丈夫だ。チェイサーが大丈夫なら、案内してくれ」

「承知しました。少々お待ち下さい」

ハルならそう答えるだろうと予想していたチェイサーは、笑顔で部屋を出ていくと別の職員に自分の行き先を伝え、戻ってくる。

「お待たせしました。出発しましょう。裏手に馬車がありますので、そちらへどうぞ」

チェイサーはすぐに動けるように馬車の手配も済ませており、このあたりからもできる男であることがわかる。

「楽しみなの！」

ワクワクした様子で、足取りも軽《かろ》やかなエミリ。

その様子を見たハルとルナリアはすぐに行くことにしてよかったと改めて思っていた。

馬車に乗って、時間にして二十分程度で会場に到着する。

チェイサーの説明の通り、街のはずれにある会場だったが、既に会場の周囲には多くの馬車や人の姿があった。

馬車を降りると、ハルたちのほかにも貴族、商人などの金持ち風の服装の者、それ以外には魔《ま》法使《ほうつか》いのような恰好《かっこう》をした者、人目を避《さ》けるように顔を隠《かく》している者までいろんな人物がここへ集まっていた。

「これがオークション会場か……思っていたよりデカいな」

ハルが予想していたのは少し大きな建物レベルだったが、目の前にある会場はお屋敷《やしき》という言葉が適切なサイズだった。

エミリは興奮とたくさんの人がいる緊張からか、ルナリアの手を握《にぎ》って側にぴったりとくっついている。

「ふふっ、驚きのようですね。元々は小規模で行われていたのですが、貴族や商人などの出資者が増えたため、今ではこのような建物で行われるようになったのです。噂《うわさ》では王族も関《かか》わっているという話も……おっと、この話はこのへんにしましょう。あちらが入り口です」

チェイサーの先導でハルたちはオークション会場となるお屋敷へと進む。

途中《とちゅう》で話を切り上げたのは公然の秘密をあまり大きな声で話題にできないことだったためである。

入り口で身分証とオークションの参加証を呈示《ていじ》して、入場許可証を全員がもらって中へと入っていく。

専用のピンバッチにも似たそれを服の胸のあたりにつけておくことで、止められることなく建物内をほぼ自由に移動ができるのだ。

「っ……すごーいっ！」

一歩踏《ふ》み入《い》れたところで目に飛び込んできたオークション会場の様子にエミリはキラキ

ラと目を輝かせながら、キョロキョロと周囲を見回していた。

会場内には、貴族や商人の姿だけでなく冒険者の姿もチラホラ見かけられた。

「お気づきですか？　ハルさんたち以外にも出品している方たちがいらっしゃるんですよ。確か、強力な槍を出品している冒険者がいたかと。他には軽い素材で作られていて、かつ防御力《ぼうぎょりょく》の高い胸当てが確か……」

「なるほどなあ、色々あるみたいだから二人も気になるものがあったら言ってくれよ。そうすれば入札を検討するからな」

エミリは頷きながらも周りに目移りして、品物を興味津々に見ていた。

彼女がキョロキョロするだけのことはあり、様々な高価なものが並んでいる。

大きめのフロアに展示エリアがあり、一定距離《きょり》以上は近づけないようにロープが張られており、商品はその手前で確認することになっている。

万が一ロープの内側に足を踏み入れようものならば、特別な魔道具が設置されており、警報がなるという仕組みになっている。

「うわあ、すごい綺麗《きれい》なの！」

展示されている物の中には、絵画や宝石や石像や鉱石などの鑑賞用《かんしょう》の品物も多く、それらを見たエミリは目をキラキラと輝かせている。

ハルとルナリアはエミリがはぐれないように確認しながら、自分たちも品物を眺《なが》めていく。

そこかしこに警備兵の姿があり、若干《じゃっかん》の物々しさが感じられた。

「……過去に盗難《とうなん》でもあったのか？」

きっとそのための警備なのだろうと、他の客には聞こえない程度の大きさでチェイサーに確認をする。

すると神妙《しんみょう》な面持《おもも》ちでチェイサーが頷く。

「――ええ、過去に何度か。全て未然に防がれましたが、今回は高額になるであろう品物が多いそうでいつもより警備が厳重なんです」

この話は、今回のオークションに関わる人間は全員知っているらしく、チェイサーは声を抑えずに話をする。

「なるほど……」

ハルがその話を聞いて神妙な顔をしていると、近くにいた会場スタッフがハルたちに近づいてくる。

「すみません、その話はあまり大きな声でされないように願います。我々スタッフも、警備の者も少々その話題には敏感《びんかん》でして……」

困ったような表情を浮《う》かべたそのスタッフは、そう言うとチラリと近くの警備兵に視線を向ける。

厳しい表情をした彼らの視線がハルたちに注目しているのがよくわかる。

「おっと、これは失礼しました。ハルさん、この話はまたあとにしましょう」

「わかった。悪かったな」

ハルはチェイサーに返事をして、スタッフに謝罪をすると再び展示物を眺めていく。

そのうちの一つの前でエミリが足を止めた。

彼女《かのじょ》は無言でその先にある胸当てを凝視《ぎょうし》していた。

「これは……」

「ええ……」

今日一番の反応であり、エミリはそこから動こうとしない。

口にはしないがその目はすっかりその胸当てに釘《くぎ》づけだ。

「――エミリ、欲しいのか？」

そんなにこれが気に入ったのかと頭にポンっと手を置きながらハルが質問する。

「う、うーん、ちょっと気になる感じなの」

だがエミリは少し悩《なや》んだあと、欲しいとは即答せずに、曖昧《あいまい》な返事をする。

「何が気になるんですか？」

ただなんとなくなのか、何か気になる理由があるのか、ルナリアが優しく尋《たず》ねると、エミリはくるりと振り返《かえ》る。

「――あの胸当て。うちの里でとれる金属が使われているの」

エミリが言う里というのは、もちろん故郷であるエルフの里のことである。

「それは珍《めずら》しいな。エルフの村の特産物が外に流通するのは食べ物以外だとほとんどないと聞いたことがあるが……」

そこまで言って、ハルは気づいてしまう。

ルナリアも理解しており、エミリの表情がぐっと険しくなる。

「なるほどね……そういうことなら、何がなんでも手に入れよう」

「……ほんと？」

そう言ったハルにエミリがじっと見つめながら確認する。

「もちろんだ……と言ってみたものの、どう思う？」

ハルはチェイサーに確認をする。

オークションに参加するのは初めてであるため、相場がわからなかった。

「――ちょっと、こちらに来て下さい」

何か思いついたような表情のチェイサーはハルの質問に答えず、彼らをどこかへと案内する。

ハルもルナリアもエミリも首を傾げるが、この場ではチェイサーが最も状況に詳《くわ》しいため、反対することもなくついていくことにする。

案内された先は、会場にある一室だった。

出品者が自由に使える待機室であり、何部屋かあるうちの空いている部屋を使用する。

入った時に外のかけ札を使用中に変えていた。

「すみません、具体的に話すにはあの場所は人が多すぎるので……」

先ほどまで険しい表情だったチェイサーは、いつもの落ち着いた表情に戻《もど》っている。

「ルナリア」

「わかりました」

ハルはルナリアの名前を呼んだだけだったが、意図をくんで音が外に漏《も》れないように風の結界を張《は》り巡《めぐ》らす。

「チェイサー、これでここにいるメンバー以外には声が届かないはずだ――話してくれ」

なぜわざわざ場所を移動したのか、その理由を説明してもらおうと話を振る。

「承知しました。その前に一つ確認ですが、エミリさん。先ほどの胸当てに使われている金属。具体的にどういった名称のものかわかりますか？」

　チェイサーの質問はきっと大事なことなのだろうと考え、エミリは先ほどの胸当てを再度思い出しながら答えを出す。

「……うん、わかるよ。あれはうちの里で手に入れることができる金属で、【エルフェニウム】っていうものなの」

　エミリの答えを聞いたチェイサーは満足そうに頷《うなず》く。

「なるほど、ありがとうございます。先ほどの話ですが、展示されている説明文を見る限りでは、恐らく出品者は素材がなんであるか知らずに出していると思われます……当然のことながらオークションのスタッフも知らないことでしょう」

　そこが大事であると、チェイサーは最後の一言を強調する。

「つまり、それを知られると値段に関係してくるんだな……ルナリア、エミリ」

「わかってます」

「うん、お口にチャックだね！」

　名前を呼んだだけで互いに意思疎通《そつう》が図《はか》れている三人の様子を見て、チェイサーは微笑んでみていた。

「ところで、先ほどのハルさんとエミリさんのやりとりはどういった意味があったのでしようか？」

短いやりとりだったが、そのやりとりによってハルがこの品を落札しようと決心したようにチェイサーの目には映っていた。

「あー、あれか。まあ、通常は外に漏れる素材じゃないということだ。それに、俺《おれ》は色々な素材のことも知識として知っているけどエルフェニウムっていうのは聞いたことがない。つまり、名称すら伝わっていないほどに秘密で希少性が高いものということだ」

そこまで説明したところで、チェイサーは頷く。

「なるほど、つまりは素材が横流しされた、もしくは盗難にあったということですね」

「あぁ、もう一つの可能性としては本来の持ち主がエルフで、そいつの身に何かあったということだな」

その言葉に部屋にいる全員がごくりと唾《つば》を呑《の》んだ。

部屋を出た一行は、あの胸当てのことには触《ふ》れないようにして他に興味があるものがないか見て回っていた。

そのうちの一つの前で今度はルナリアが足を止めている。

ルナリアは魔法《まほう》の威力《いりょく》を強くする杖《つえ》【ルナティックケーン】が気になり、そちらを見ていた。

夜空を切り取ったような深い青色の滑《なめ》らかな素材でできており、月のモチーフとキラキラと輝く星空のエフェクトがとても綺麗な杖だ。

「それが気になるのか？」

「えっと、あの、私の名前の一部がついていますし、それになんだか惹《ひ》かれるものがありまして……」

ルナリアはハルに質問されてわたわたと手を振りながら困ったように笑う。

明確にこれという理由は言えないが、それでも彼女には何かこの武器が欲しいと思わせるものがあるようだ。

「なるほど、エミリだけ買ってルナリアに買わないというのは不公平だから狙《ねら》ってみよう。チェイサー、メモしておいてくれ」

「承知しました」

ハルの言葉に笑顔で頷いたチェイサーは手際《てぎわ》よくメモを取る。

エミリの胸当て、ルナリアの杖――ハルたちはオークションで二つの装備を狙うこととなる。

そんな二人のやりとりを見ていたルナリアがハルに尋ねてくる。

「えっと……ハルさんは何か欲しいものはないのでしょうか？」

ルナリアは自分たちばかりが欲しい物を口にして、ハルが何も選んでいないことを気にしているようだ。

「そうなの、ハルも何か買わないと、それこそ不公平なの」

くいっとハルの服の裾《すそ》を引きながらエミリがルナリアに加勢する。

「どうなされますか？」

これで何もないというのはバツが悪いですよ？　と少々意地悪な笑みを浮かべてチェイサーが質問してくる。

「あー……わかった、わかったよ。俺も何か探してみるよ」

三人からの視線に敵《かな》わないなと思ったハルは肩《かた》を竦《すく》めてそう言うと、再び館内を最初から見て回ることにする。

二人の欲しいものが落札できれば十分だと考えていたため、そこまで真剣《しんけん》に見ていなかった。

「なければ無理にではなくてもいいですよ？」

「うん、ハルが本当に欲しいものを見つけよう？」

ハルの心の内を読んだのか、ルナリアとエミリは的確な言葉をかけてくる。

「あぁ、わかったよ。ぐるっと見てくるからみんなはここかさっきの部屋で待っていてくれ」

ここまでしばらく見て回ったことでみんなが疲れているだろうと考え、ハルはそう言い残してすたすたと行ってしまった。

「あら」

「行っちゃったの」

その背中を見送るルナリアとエミリはどこか寂《さび》しそうにしている。

「ふふっ、お二人ともハルさんのことが好きなようですね」

主人に置いて行かれた小動物を思わせる二人の様子にチェイサーは楽しそうに笑う。

「そ、そそそ、そんな……！」

「うんっ、好きなの！」

顔を赤らめたルナリアはわかりやすく動揺《どうよう》し、にこにこと眩《まぶ》しい笑顔を見せるエミリは素直に感情を口にする。

「ふふっ、お二人ともわかりやすくてよろしいですね。さぁ、先ほどの部屋に行きましょう」

チェイサーは二人の反応をそれぞれ微笑ましく思い、さきほどの部屋へと二人を案内する。

一人になったハルは会場をゆっくりとした足取りで歩きながら、じっくり品物を吟味《ぎんみ》していた。

ざっと見るだけではなく、各出品物の説明も念入りに確認している。

「うーん、これといったものはないなあ」

剣《けん》、槍《やり》、ツボ、宝石、服、絵画……たくさんの品が並べられているが、どれもハルの興味をひくものではなかった。

ルナリアたちの表情を思い出すと、手ぶらで戻るのは気がひけるため、ハルは弱ったなと表情をゆがめながら歩いていると、目立たない場所にポツンと展示されている品物が目に留《と》まった。

ライトアップされているにも拘《かか》わらず、誰《だれ》も目に留めず素通《すどお》りされているそれにハルはなぜか何か惹かれるものがあった。

「……なんだ？」

近づいてみると、そこには銀色の腕輪《うでわ》がある。

説明はシンプル――『癒《いや》しの腕輪』

「ほう、これはいい。綺麗だな」

商品の魅力《みりょく》を引き出すようにライトアップされて輝くその腕輪をじっと見ながら、ハルは感嘆《かんたん》のため息を漏らす。

「びっくりするくらいに何もないな。でも、何か気になる」

説明からも、見た目からも何も伝わってこないため、ハルは驚《おどろ》いてしまう。

しかし、それでも何か引きつけられるものがあった。

（ちょっと見てみるか）

＊＊＊＊＊＊＊＊＊＊＊＊＊＊＊＊＊＊＊＊＊＊＊＊＊＊＊
種別：腕輪　名称《めいしょう》：癒しの腕輪（呪）
説明：綺麗な腕輪。見ているとと癒されるかもしれない。
　身に着けた者の体力を徐々《じょじょ》に奪《うば》っていく。
（呪《のろ》われた腕輪であり、本来の力は封印《ふういん》されている）
＊＊＊＊＊＊＊＊＊＊＊＊＊＊＊＊＊＊＊＊＊＊＊＊＊＊＊

「なるほど……そういうことか。注目度も低そうだし、俺はこれにしておこう」

呪われた人間だけでなく、呪われた装備にまで出会うとは思っていなかったが、呪いを解くことで本来の力を使えると判断したため、これを選択《せんたく》する。

「みんな戻った……ぞ」

最後の『ぞ』だけ、聞き取れるかどうかのレベルの小さな声で言う。

部屋の端《はし》の方に控《ひか》えていたチェイサーがその様子を見て、口元に手をやってクスクスと笑っていた。

そのままチェイサーが指差した先にハルが視線を向けると、優しい表情でソファに座《すわ》ったルナリアの膝枕《ひざまくら》で、穏《おだ》やかな寝息《ねいき》をたてるエミリの姿があった。

可愛い寝顔《ねがお》を見たハルは、ふっと表情をやわらげて数秒考えると指で合図をする。

まず一つ目、ルナリアはそのままでエミリを寝《ね》かせてやるように。

二つ目、自分を指さし、次にチェイサーを指して、最後に扉《とびら》を指し示す。

つまり、外に出て話をしようという合図である。

頷いたチェイサーを伴《ともな》ってハルは部屋をあとにする。

「……何か、いいものがありましたか？」

まだ部屋が近いため、声を抑《おさ》えてチェイサーが質問する。

「あぁ、腕輪なんだけど見てもらってもいいか？」

「もちろんです」

二人はハルが目的とする腕輪のもとへと向かう。

相変わらずそこには誰もおらず、閑散《かんさん》としている。

ただ静かに腕輪が照明に照らされ、輝いているだけだ。

「ほう、このような場所にも展示されていたのですね」

チェイサーは今回出品される商品をひと通り見ていたが、見落としていたものだった。

「どう思う？　俺はこれが気になっているんだけど」

近くにいるのはハルとチェイサーだけであるため、声を抑える必要もなく話をする。

「そう、ですね……すみません。うーん、特別な代物《しろもの》とは言えないと思います。ですが、ハルさんが目をつけたのもわかるような気もします。何かがある……漠然《ばくぜん》としていてすみませんが、そう思います」

数多くのアイテムを見てきたチェイサーでも、この腕輪についてはなんなのか把握《はあく》できないようだった。

「でもまあ、そういうことならきっと入札も少ないだろ。まあ、俺のやつは優先度低くていいんだけどな」

「ええ……おそらくは大丈夫《だいじょうぶ》だと思います。みなさんのご希望の商品が全《すべ》て手に入るように頑張《がんば》らせてもらいます」

チェイサーは腕《うで》の見せ所だとニヤリと笑う。

「それは頼もしいな。まあ最悪の場合、エミリの分を優先で頼む」

ハルの頼みにチェイサーは笑顔《えがお》で深く頷く。

彼《かれ》がエミリを思う気持ちを感じとったチェイサーは、絶対に譲《ゆず》れない条件であるということをよくよく理解していた。

「それでは部屋のほうへ戻りましょうか。そこでこれからのスケジュールと入札の際のルール等をご説明します」

「わかった」

二人はあえて遠回りをしながら部屋へと戻っていく。

部屋に到着《とうちゃく》すると、まだ眠《ねむ》そうではあったがエミリも起きて待っていた。

「おや、エミリさんもお目覚めですね。それでは今後の流れについて説明させて頂きます」

①　開始時間は夜。
②　ドレスコードがあるため、男性はタキシード、女性はドレスを着る。そちらもチェイサーがあとで手配する。
③　入札は代理人であるチェイサーのみが行える。
④　狐《きつね》の獣人《じゅうじん》は比《ひ》較的《かくてき》珍《めずら》しく、エルフは相当に珍しいため、ハルの傍《そば》を離《はな》れないこと。

⑤　希少種族は嫌《いや》がらせを受けることもある。
⑥　これらのような問題があった場合を除いて、貴族とは極力揉《も》めないこと。
「これが今回のルールとなります。一つ付け加えさせていただきますと入札の際に勝っていても負けていても、厳しくても余裕《よゆう》でも顔には出さず、ポーカーフェイスを貫《つらぬ》いて下さい」

「わかった」

「わかりました」

「わかったの」

三人が三人ともルールを把握する。

特に難しいものではないため、記憶《きおく》するのは簡単だった。

「さて、まだ時間はありますので、夕方まで自由行動となりますが……いかがなさいますか？」

チェイサーの確認に三人はしばし考え込む。

街に戻ってもいいが、特に用事があるわけではない。

もし戻ったとしてもあまりゆっくりはできず、なおかつ時間を気にして行動することになってしまう。

「そうそう、食事に関してはここで注文することができます。飲み物を用意することも可能です。貴族や王族も使う施設《しせつ》なのでそのあたりは完備されています」

それを聞いた三人は顔を見合わせて頷く。

「それじゃ、ここで時間を潰《つぶ》すよ。食事はいい時間が近づいてきたら注文しよう。飲み物は紅茶とジュースを頼めるか？」

「承知しました」

ハルの注文を受けたチェイサーはすぐに手配に向かった。

「さて、夜までは色々と話をしよう。俺たちはエミリのことをまだよく知らない。エミリは俺たちのことを良く知らない。だから、互いのことを色々話そう。村でのエミリのこと、俺たちと会うまでの旅のこと。俺たちはどうやって冒険者《ぼうけんしゃ》になったか、どうやって俺たちが出会ったのか、出会ってからここまで何をやってきたか。そういう話をしよう。他にも好きなもの、嫌《きら》いなもの、やりたいこと、やりたくないこと、何でもいいから互いを知るために時間を使おう」

この提案を受けてルナリアは手をポンっと合わせる。

「それはいいですね！　うん、色々お話をしましょう！」

「うん！　二人のお話聞きたいの！」

エミリも乗り気で、三人は笑顔で話を始める。

途中、チェイサーが戻ってくるが、絶対に他者には漏らさないという条件で彼も会話に参加することとなる。

その後夕食に舌鼓《したつづみ》をうち、着替《きが》えを済ませた一行はいよいよオークションへと向かって行った。


「あぁ、お待ちしておりました。みなさん素敵《すてき》な服装ですね」

既《すで》にチェイサーは準備を終えてハルたちがやってくるのを待っていた。

タキシードに身を包まれており、しっかりとした服装になっている。

チェイサー同様、三人もオークションに合わせて服を新調しており、ハルは同じくタキシードに、女性二人はドレスに身を包んでいる。

「俺はともかく、二人はよく似合っているよな」

ハルが何気なく褒《ほ》めると、二人はそれぞれの反応を見せる。

「えっと、ありがとうございます」

ルナリアは頬《ほお》を赤く染めてややうつむき加減に礼の言葉を口にする。

誰から見ても嬉《うれ》しさがあふれているのが伝わってくる。

彼女が選んだのはシックなデザインのドレス。

女性らしさを上品に出しており、伯爵令嬢《はくしやくれいじよう》の彼女の品の良さを引き立てていた。

「ありがとうなの！」

元気に返事をするエミリだったが、照れと嬉しさはその頬の赤さに表れている。

エミリが選んだのは彼女の愛らしさを引き立てる可愛らしいタイプのドレスだ。

「ふふっ、仲がよろしいようで微笑《ほほえ》ましいですね。さて、それでは早速出発しましょうか」

「わかった」

「落札会場に入ったら一緒《いつしよ》に行動をしましょう。バラバラに行動していては、その隙《すき》をつかれてしまいますから」

あくまで女性二人の安全性の確保を第一にしようというのがチェイサーの判断である。

「わかった。それでいこうルナリア、エミリ。何かあったらすぐに声をあげてくれ」

ハルの言葉に二人は大きく頷く。

中に入ると外の雑多な感じとは打って変わり、高貴な雰囲気《ふんいき》を醸《かも》し出《だ》している。

どこからか心地《ここち》よい音楽が流れており、参加者たちもさほど大きくない声で談笑《だんしよう》しているのがみえる。

チェイサーの話通り、さまざまな人がおり、互《たが》いの腹の探《さぐ》り合《あ》いをしているような不思

議な空気に満ちていた。

「再度注意しておきますね。ここからが勝負になりますので、皆《みな》さま良い結果でも悪い結果でも顔に出さないようにお願いします。ほっとした表情を見せれば、ギリギリで相手が入札に参加してしまうかもしれません」

今までで一番真剣な表情のチェイサーに、ハルもルナリアもエミリも無言のましっかりと頷いていた。

しばらくその中で待機している。オークションの開始時間が近づいてくる。

実施《じっし》されるのは建物の中央に位置するホールであり、席は広くとられ、そこに多くの参加者が集まってきている。

「これはすごいな。こんなに人が来ていたのか……いったいどこにいたんだ？」

驚きに満ちた表情でハルは思わずそうこぼす。

ハルたちがここにやってくるまでに、ホールや通路に人が多くいたのは確認《かくにん》していたが、ホールに収容されている人数はそれを遥《はる》かに超《こ》えていた。

「ふふっ、私も初めてここにやって来た時には同じことを思いました。どうやら、ここには多くの部屋があって、もっと豪華《ごうか》な部屋に貴族の方々がいらっしゃるようです。それが、このホールの人数につながるのかと」

クスクスと楽しそうに微笑むチェイサーの話を聞いてハルたちは納得《なっとく》する。

しかし、これだけの人数がオークションに参加するとなると、自分たちの希望の品が落札できるのかと不安になってくる。

「ほらほら、お三方暗い表情をしてはダメです。今からその調子では、オークションのちょっとした結果に左右されてしまいますよ？」

ハルもルナリアもエミリも不安が顔に出てしまっていたため、茶目《ちゃめ》っ気《け》を交えつつチェイサーがそれを指摘《してき》する。

「あぁ、こういうのに気をつけろってことだな。反対に喜んでも危険ってことだ、気をつけよう」

「はい……」

「うん……」

ハルの言葉に、ルナリアもエミリも神妙な面持ちで頷いていた。

そしてあらかじめチェイサーが確保しておいてくれていた席に四人は腰《こし》かけた。

そこは会場が見渡《みわた》せるよい位置であり、ハルたちは周囲にそれとなく注意しながらオークションが始まるのを静かに待っている。

「さあ、そろそろ始まりますよ。みなさん、前を向いて、落ち着いてリラックスしていきましょう」

チェイサーが前を見るよう促《うなが》すと、ステージ上に司会の姿があり、周囲の客たちが拍手《はくしゅ》で出迎《でむか》える。

『――会場にお集まりの皆様《みなさま》、お待たせしました。これよりオークションを開始させて頂きます』

静かながら響《ひび》き渡《わた》る司会の言葉に会場中が盛り上がりを表すように一層拍手が強くなる。

『申《もう》し遅《おく》れましたが私《わたくし》、今回司会進行を務めさせて頂きますトークと申します。よろしくお願いします』

ちょうど拍手が落ち着いたタイミングでトークが自己紹介《しょうかい》がてら優雅《ゆうが》にお辞儀《じぎ》をする。

彼が今回の流れの全てを握っているといっても過言ではなく、トークはこれまで何度も司会を務めているので信頼《しんらい》も厚かった。

『早速《さっそく》ですが、最初の品物ロットナンバー1からまいります――岩竜《がんりゅう》の卵！　これは……』

トークによる商品の説明が始まり、それが終わるとオークション開始となる。

岩竜の卵はトップバッターにもってこられる商品なだけあって、人気があり、次々に札があげられ、それとともに値段が吊《つ》り上《あ》がっていく。

この商品には入札するつもりがないため、ハルたちは完全に傍観者《ぼうかんしゃ》側に回っているが、会場の熱量や次々に上がる値段を聞いていていてその空気感に酔《よ》いしれ、興奮していることに気づく。

しかし、チェイサーの言葉を思い出して、三人は努めて冷静でいられるように顔を引《ひ》き締《し》めている。

「はい、それでいいと思います――さあ、次の商品にいきますよ」

笑顔のチェイサーの言うとおり、前の品物は早々に落札者が決まり、次のものの説明と入札が始まる。

二品目、三品目、四品目と次々に品物が落札されていく。

前半はハルたちが希望する品物のオークションがなかったため、他の落札の流れを見てオークションの雰囲気を味わうにとどまる。

「えー、とても白熱のオークションが続きましたが、ここで一旦休憩《いったんきゅうけい》となります。休憩時間は一時間半。競《せ》り落《お》とした商品がある方は前半一時間のうちに支払《しはら》いと、交換《こうかん》札の受け取りをお願いします。出品された品物がある方は後半三十分のうちに証明書の提出と落札金の受け取りをお願いします」

ざわめく場内にアナウンスが流れ、代理人などが手続きに向かって行く。

「しばらくしたら私のほうで受け取りをしてきます。この落札金があればまず負けないと思いますので、早い手続きをしてきます。まずは……部屋に行って休憩をしましょう」

チェイサーのささやくような声に頷いて、割り当てられた部屋へと移動するハルたち。

部屋には軽食が用意されていた。

「これは参加者へのサービスになっていますので、ご自由にお召《め》し上がり下さい。私も少し緊張《きんちょう》して疲《つか》れましたので、少し頂きましょう」

リラックスさせるように優《やさ》しい声音《こわね》のチェイサーが説明をしてから近くにあった軽食を手に取って、ハルたちにも食事を促す。

「美味《おい》しそうなの！」

ここには多くの有力者が集まっているため、用意されたものの質はかなり高い。

トレイにきれいに並べられている軽食を見てエミリが目を輝《かがや》かせた。

「エミリ、好きに食っていいぞ。ルナリアも一緒に食べよう」

テーブルに並んでいる料理をとると、ハルもソファに座って食事をする。

「は、はい」

ルナリアも同じように食事を手にするとハルの隣《となり》に座る。

しかし、まだ先ほどの興奮から抜《ぬ》けきれないらしく、彼女は少しぼーっとしていた。

ハルも先ほどのオークションを思い出していた。

「今回のオークションはなかなか盛り上がっていますね。ここ最近のオークションの中でも随一《ずいいち》の盛り上がりだと思われますよ」

そう言いながらも落ち着いた口調のチェイサーは次のことを考えていた。

「さて、いよいよ後半はみなさん希望の品のオークションが始まります。ハルさんから事前に受け取っているお金。これは全て使っても構わないということでよろしいですね？」

ハルは使っていい金額、つまり所持金のほとんどを今回のオークションのためにチェイサーへと渡していた。

あれだけの資金があればどの落札においてもかなりの余裕が持てるため、その再確認を行う。

「もちろんだ。それを使って俺たち三人の欲《ほ》しいものを落札してくれ」

即答《そくとう》するハルにチェイサーは笑顔を見せた。

「チェイサー、お願い」

ちょこちょこと近づいたエミリは笑顔でチェイサーに手を差し出す。

「エミリさん……了解《りょうかい》です！　エミリさんの胸当ても、ルナリアさんの杖も、ハルさんの腕輪も全て私が落札します！」

可愛《かわい》らしいエミリの気持ちを受け取ったチェイサーは彼女の手を握《にぎ》り返して、強く宣言した。それと同じタイミングで部屋の扉がノックされた。

「そろそろ後半のオークションの開始時間となります。よろしくお願いします」

「はい、わかりました。今向かいます」

各部屋を職員が訪ねて回り、オークション再開の連絡《れんらく》を伝えているようで、ハルたちも立ち上がって部屋を出る準備をする。

「さて、ここからが本番だな」

通常は出品したものがいくらで落札されるかが本番だが、ハルとルナリアとチェイサーはエミリが欲しがっているものを絶対に落札しようと強く心に決めていた。

「行こー！」

その思いは当のエミリも同じであるようで、強い決意を秘《ひ》めた表情をしていた。

既に会場には多くの人が集まっており、前半のオークションの熱が冷めやらぬ様子で高《こう》揚《よう》した表情で今か今かと待っていた。

定刻になったところで、司会のトークが壇上《だんじょう》に上がる。

『さあ皆様、ご休憩はお済みですか？　これより後半のオークションを開始しようと思います。前半最後のオークションはここ最近ではかなりの盛り上がりとなりましたが、後半も同じように盛り上がることを望んでいます――さあ、オークション再開です！』

トークの声に応《こた》えるように、会場はわあっと沸《わ》き上がった。

オークションは前半の熱を引き継《つ》ぎ、更《さら》に盛り上がりを見せている。

二つ先の品までが順番に並べられており、そこにはハルが希望している腕輪が用意されていた。

「ハ、ハルさん。そろそろですよ！」

「うーっ、あれ、手に入るといいね！」

硬《かた》い表情で手を握るルナリアとエミリは自分のことのように緊張している。

ハルの欲しいものが落札できるかどうかという緊張感からか、まるで心臓が壊《こわ》れるのではないかと思われるほどバクバクしていた。

優先順位は低いと言っていたハルだが、彼もなかなかに緊張している。

しかし、それを表には出さないようにしていた。

「二人とも落ち着け」

「そうです。常にクールにいかなければ落札できません。安心して下さい、戦うための武器は用意してもらいました。ここからは私の戦いです」

ただ成り行きを見守るハル。

チェイサーも静かに言葉を紡《つむ》ぐが、その身体《からだ》からは独特のオーラがあり、頼《たの》もしく大きく見えた。

「ルナリア、エミリ……大丈夫《だいじょうぶ》。チェイサーに任せるんだ」

ハルは彼のことを信頼《しんらい》していた。それゆえに動揺《どうよう》することもない。

一つ落札され、次の品に移る。

いよいよ次となると、落ち着こうとしてルナリアもエミリも強く手を握っている。

そして、次の品も落札され、いよいよハルの希望の腕輪の順番がくる。

「――私にお任せ下さい」

そう言ったチェイサーの口元には笑《え》みが浮《う》かんでいた。

地味な品物ではあったが、それでも何組かの入札がある。

しかし、その入札があるとすぐにチェイサーがかぶせるように入札をする。

時間にして十分程《ほど》でチェイサーの落札が決まった。

「他にいませんか？　……それでは六十八番のお客様の落札です！」

カーンという音とともにチェイサーの落札が決定する。

落札が決まっても彼の表情は涼《すず》しげである。

「チェイサー、ありがとう」

「さすがです！　さすがチェイサーさん！」

「うん、ありがとうなの！」

三人がチェイサーのことを褒める。

自分たちの希望の品が初めて落札されたことで、ルナリアもエミリも興奮しているようだった。

一見冷静なハルも内心の興奮を必死に抑えていた。

希望していたものが手に入るかはオークションであるがゆえに、どんな些細《ささい》なものでも不安要素が片隅《かたすみ》にあったからだろう。

「ありがとうございます。ですが、これは私の仕事の一つ目です」

優しく微笑みながらそう言うとチェイサーはハルに目配せし、頷く。

そんな話をしているうちに、落札の札がチェイサーに渡される。

しかし、これはあくまで前座——今回の目玉となっているのはルナリアとエミリの希望の品であるということ。

それをハルとチェイサーは互いに認識《にんしき》している。

ここからしばらくは他の出品物に対する入札が続く。

その間にハルたちはクールダウンしていた。

ハルの目的の品を入札している間、立っていたエミリは椅子《いす》に深く腰かけ、休憩する。

まだ子供であるのと、信頼するハルの品がちゃんと落札できた興奮と安堵《あんど》から疲れを見せており、ウトウトし始めていた。

ルナリアも椅子に座る位置をそれとなく直し、エミリが倒《たお》れないように支える。

そして、ついに次の希望の品に順番が回ってくる。

ルナリアが希望する品——ルナティックケーンのオークションが始まる。

「チェイサー、頼んだぞ」

背中を押《お》すようにハルが声をかけると、チェイサーはルナリアの方を向いて力強く頷いて、戦いに向かった。

ハルの腕輪とは異なり、ルナティックケーンは競合者が多く、値段がどんどん吊り上がっていく。

最初のうちは十組ほどが入札し、上がっていく値段に負けて徐々に減っていった。

最後にはチェイサーを含《ふく》めた三組が入札していく。

ルナリアは空いている右手に力が入り、手のひらには汗《あせ》がにじんでいた。

自分の品物が落札されなくてもいい、エミリの希望しているものだけ落札されれば十分だ。

そう思っていたはずだったが、彼女《かのじょ》はこの武器にどこか運命的なものを感じていたため、自然と緊張が高まっていた。

「……ルナリア、大丈夫だ」

耳元でハルがささやく。そして彼女の肩に手を置いた。

手のひらからハルの体温が伝わり、徐々に彼女を落ち着かせる。

チェイサーの表情は余裕そのものである。

札をあげ入札を続ける。

ポーカーフェイスではなく、あくまで余裕のある表情。

入札相手のどちらにも表情に焦《あせ》りが募《つの》り、額には汗が浮かんでいる。

相手が入札しても、チェイサーは即《そく》入札し返す。

このことはチェイサーの資金に余裕があることを示しており、資金の上限が見えてきている相手は肩を落とし、依頼者《いらいしゃ》にこれ以上は無理だと告げ、一人、二人と入札を諦《あきら》める。

「ありませんか？　ありませんね？　……それでは六十八番のお客様の落札です！」

この結果によって、わあっと歓声《かんせい》があがった。

それほどにチェイサーの入札は自信に満《み》ち溢《あふ》れた堂々たるものであり、見ている者たちも引き込まれて興奮させられていた。

落札が決まった瞬間《しゅんかん》、自然と拍手が巻き起こり、競争相手も苦笑《くしょう》していた。

「ルナリアさん、勝ちました」

日常の一幕であるかのような自然な言葉はルナリアにも笑顔をもたらした。

「うん、ありがとうございます。嬉しいです」

目じりには涙《なみだ》が浮かび、喜んでいた。

「さすがチェイサーだな。相手の意欲を完全に失わせていた」

「いえいえ、それもこれもハルさんたちの資金提供のおかげです」

二人からは余裕が見られる。

しかし、その表情はすぐに引き締まった。

次の品がオークションにかけられ、更にその二つ次の品物が並べられた。

そこにはエミリの希望の品、銀の胸当てがあった。

名称はただの銀の胸当て、正式名称はエルフェニウムプレート。

しかし、その事実に気づいているのはハルたちだけ。

一つ、二つとオークションが終わり、ついにはエミリのお目当ての胸当ての入札が始まる。

『それでは次のオークションに移ります。次は銀の胸当てになります。ごらんください、特徴的な意匠《いしょう》が施《ほどこ》されているものです。出所の確認はとれておりませんが、アンティークの類《たぐい》であると思われます。これほどに見事な装備はよそではなかなか見られないのではないでしょうか？』

具体的な情報がないなかで、より魅力的《みりよくてき》に見せるために言葉を選んだ司会の説明。

やや苦しさはあるもののライトアップされた中で輝く胸当ては見た目だけでも、入札の価値があるものだとわかる。

その輝きは一般的《いっぱんてき》な銀のものとは明らかに異なり、特別な金属が使われているということが誰の目にも明らかだった。

入札の札が次々に上がっていくが、ある程度入札があるのは予想済みであるため、ハルもチェイサーも焦らずに落ち着いて成り行きを見守っている。

その隣で、ルナリアとエミリは表情だけはなるべく変化させずにいるが、握る手の力は強くなっていた。

吊り上がっていく値段とともに徐々に入札人数が減っていき、残り数組となったところで腰《こし》を上げてチェイサーが参戦する。

オークションは札を上げると、番号と価格が読み上げられる。

価格は申告《しんこく》がない限りは一定金額ずつ、アップされていく仕組みだ。

「三十万」

そこで、相手が一気に価格を吊り上げる。

三十万という価格が大金であるということがわかっているため、エミリの表情が少し曇《くも》る。

自分が欲しいものに、他の人がそんな大金を入札してしまった。

きっと、もう手に入ることはない、そんな思いが胸の中を支配する。

しかし、ハルがその肩に手を置いて優しい笑顔を見せる。

「――四十万」

そう凛《りん》とした声で札をあげたのはチェイサーだった。

ここで一気に金額があがったため、会場がざわついた。

「四十五万」

今度は相手が競《きそ》ってくる。相手もまだ余裕があるようだ。

「五十五万」

しかし、チェイサーは強気の入札で十万上乗せする。

その表情は勝《か》ち誇《ほこ》ったものでも、相手を煽《あお》るものでもなく、努めて冷静な表情でいる。

感情を相手に悟《さと》らせないことで、焦燥《しょうそう》感を与《あた》えている。

「くっ、五十八万……！」

一気に上がっていく値段に負けたくないと焦りと苦しさを見せる競争相手。

「六十八万」

それに対して、チェイサーは淡々《たんたん》と相手よりも十万上の価格を提示していく。

「うぅ、七十……万」

なんとか二万上乗せした金額を提示する相手。

その表情と声と金額から、限界が近づいていることを感じとる。

「八十万」

そこへ更に十万上乗せ。

しかし、それを提示したのはチェイサーではなく、別の人物だった。

ここにきて新たに参戦してきた代理人。

その隣には美しい銀髪《ぎんぱつ》をたなびかせたエルフの姿があった。

チェイサーの入札タイミングを奪い取《と》り、ドヤ顔を見せる代理人。

「なるほど……知っているやつが他にもいたのか。チェイサー、気にするな。やれ」

ハルの言葉にチェイサーは静かにこくりと頷《うなず》く。

「はちじゅうに……」

最初の競争相手がなんとか、二万の上乗せを絞《しぼ》り出そうと、震《ふる》える手で札を上げながらかすれた声を出す。

「――百万」

それにかぶせるかのようにチェイサーが口にしたのは、二十万の上乗せだった。

これには会場がどよめく。

二万単位、十万単位での上乗せの中、一気に二十万上乗せした強気なチェイサー。

しかし、その表情は相変わらず冷静なままである。

「……百十万」

エルフ側の代理人も負けずに冷静に競争を続ける。

だが、ここでチェイサーが強気の一手を出す。

「百五十万」

これには会場の他の面々だけでなく、競争相手、更にはハルとルナリアとエミリの三人も思わずチェイサーの顔を見てしまう。

「ひゃ、ひゃくろくじゅう……」

動揺《どうよう》しながらも十万の上乗せをするエルフ側の代理人。

「百八十万」

だがチェイサーはそれを許さないと言わんばかりに容赦《ようしゃ》なく即座《そくざ》に二十万の上乗せをす

る。

　ここまでくると、品物がなんであるかではなく、二組の競争がどこまで続くかが会場の興味の対象になる。

「ひゃくきゅうじゅ……」

「二百万」

　相手が提示しようとすると、それを上回る金額をチェイサーが出す。

「にひゃくじゅ……」

「二百五十万」

　再び十万刻みであげようとする相手に対して、チェイサーは一気に五十万の上乗せをした。

　これでもまだまだ余裕のあるチェイサーは涼しい表情で相手の出方を窺《うかが》いつつ、いつでも札をあげられる準備をしていた。

『二百五十万、二百五十万、他はないですか？　いいですか？　――はい、それでは銀の胸当て、六十八番のお客様の落札となります！』

「おおおおおおぉ!!」

　三組による競争、価格の大幅《おおはば》な吊り上げ競争、そして勝利したチェイサーの圧倒的《あっとうてき》で冷静でかつ強気な様に会場が盛り上がりを見せる。

「……ふう、なんとか勝てました。申し訳ありません、少々資金を多く使ってしまいました……」

何がなんでも競り落とせと命を受けていたチェイサーだったが、相手を封殺《ふうさつ》するために大きな金額を投じてしまった。

すっと姿勢を正して座《すわ》り直しながらも、熱くなってしまったそのことをハルに謝罪する。

「いやいや、いいんだ。アレで正解だ。もしチマチマあげていたら、相手も競ってきて無駄に高騰《こうとう》していたと思う」

チェイサーはもし二百五十万でだめだったら、次は三百万と提示するつもりではいた。

相手からすれば一気にあれだけの金額を提示しても、まだ余裕の見られるチェイサーは脅威《きょうい》に映っていた。

これ以上の入札を提示しても、また上乗せされるのだろうと思わせることが大事である。

そのために圧倒的な戦力（金）を見せつけることでプレッシャーを与えていた。

「う、うぅぅぅぅ……ごめんなさいなの……」

ぎゅっと拳《こぶし》を握って震えるエミリは今にも泣き出しそうな表情で頭を下げている。

「ど、どうしたんだ？」

その理由がわからないため、ハルは動揺している。

落札できたのだから、エミリの愛らしい満面の笑みがみられると思っていたため、この反応は予想外だった。

「だ、だって、ぐすん……すごく、お金、いっぱい……」

自分が欲しいと言ったがために、ハルに多額の金を投じさせてしまったことに責任を感じていたがゆえの涙だった。

「あぁ、そうか。うん、いいんだよ。金のことは使い道がないくらいには手に入ったから気にしなくていいんだ。でも、それが気になるなら今は泣いていい」

エミリの気持ちに胸がほっこりとしたハルは笑顔《えがお》で優しく声をかけ、大粒《おおつぶ》の涙をこぼしながら泣いているエミリのことをルナリアがふわりと抱《だ》きしめていた。

その後のオークションが全《すべ》て終わる頃《ころ》にはエミリも泣きやんで、いつもの表情に戻《もど》っていた。

「みなさん、これで緊張から解放されてお疲《つか》れ様《さま》ですと言いたいところですが、お金の支払いと本題であるベヒーモスの落札条件の確認に向かわねばなりません……先に支払いを済ませてきますので少々お待ち下さい」

そう言うと、チェイサーは支払い部屋へと移動し、そこで支払いと商品の受け取りを終えてくる。

「それでは今回のメインへと向かいましょう。我々は隣の部屋に入場、そこで条件を確認してからどの条件にするかを決めます」

その旨《むね》を支払いの際に説明していたらしく、案内の職員が近くで待機していた。

マジックミラーになっている部屋でハルたちは待機して、条件の確認となる。

今回は直接交渉《こうしょう》がハルたちの出品物のみであるため、すぐに確認へ移ることになる。

直接交渉を希望した代理人が四人、隣の部屋に集まっているのが見える。

あちらの声は全てハルたちに筒抜《つつぬ》けになっている。

「それでは、早速あちらの条件を聞いていきます。お願いします」

確認部屋の職員が魔道具《まどうぐ》で合図を送ると、順番に条件を告げていく。
①　美味しい水が出る金のカップ二つ、金五百万、宝石四十。
②　映像を記録できる魔道具、金一千万、宝石三十。
③　炎《ほのお》の魔剣《まけん》、敏捷性《びんしょうせい》をあげる足輪三つ、中が広く気温を操作できるテント、魔力《まりょく》により切れ味があがり劣化《れっか》しないナイフ、魔法防御《まほうぼうぎょ》効果の強いマント、金五百万、宝石三十。
④　金五千万、宝石百。

こちらの四件が提示された条件だった。

「さて、この条件となりますが……みなさんはどれがよろしいでしょうか？」

職員の視線を受けて、チェイサーがハルたちに尋《たず》ねる。

「うーん、映像を記録できる魔道具に少し興味はあるが……」

「そうですねえ、ハルさんの選択《せんたく》にお任せしますが……一択《たく》だと思います」

「だよなあ」

エミリはこの素材に関しては関《かか》わっていないため、ハルたちの判断に任せて無言を貫《つらぬ》いている。

「と、おっしゃいますと？」

二人の意思がほとんど決まっているようであるため、チェイサーがその答えを促す。

この部屋の中にはオークション側の職員が数人おり、彼《かれ》らも選ぶなら一つだと考えていた。

「三番で」

「「「ええっ⁉」」」

職員が思わず声をあげてしまう。

彼らは通常のオークションでもなかなか見られない五千万という大金を選ぶのが当然だと考えていた。

「三番で」

しかし、ハルはぶれずに同じ番号を口にした。

「承知しました。それでは、三番の炎の魔剣、足輪三つ、テント、ナイフ、マント、金五百万、宝石三十の方が落札ということでよろしくお願いします」

「わ、わかりました。隣に伝えてきます」

改めてチェイサーが結論を伝えたことで職員が動いていく。

基本的に直接交渉では、金以外に重きを置く者が多いため、三番の代理人もそれに合わせて多くの魔道具を用意していた。

対して四番は品物を用意できなかったため、代わりに大金を用意していた。

結果は前者の考えがハルたちの要望に合致していたため、見事落札という流れになっていた。

職員が結果を伝えに行くと三番の代理人は心底ホッとした表情になる。

依頼者からは何がなんでも落札するようにと命じられており、いつも贔屓《ひいき》にしてくれている人物だったため、今回ばかりは意地でも結果を出す必要があった。

提示されたアイテムは職員がこちらの部屋に運んできて、それをハルたちが受け取る。

「これはいいなあ。魔剣は俺《おれ》が、足輪は三人で、マントも俺で、ナイフは共用でいいかな？」

「もちろんです！」

「うん、いいと思う！」

全員の賛同が得られたところで、ハルはアイテム類をマジックバッグへと収納する。

装備したまま外に出ては、ハルたちがベヒーモス素材の出品者であることがばれてしまうため、それに対する予防措置《そち》だった。

あれほどのレア素材を出品したともなれば貴族からの囲い込みの可能性もあるため、それだけは避《さ》ける必要があった。

出口も別に用意されており、ハルたちはそちらから出発していく。

落札した品物は馬車の中で受け取って、三人がそれぞれの装備を身に着けていた。

他の参加者たちの多くも既《すで》に帰宅の途《と》についており、残った馬車も残り少なくなっている。

「それではみなさん出発します。ギルドに戻って、そこで解散で構いませんか？」

「あぁ、それで頼む」

そうしてハルたちはオークション会場をあとにして馬車で街へと戻っていく。

しばらく進んだところで、ハルが神妙《しんみょう》な表情になっている。

「――ルナリア、エミリ、気づいているか？」

ハルは視線を動かさずに小さな声で二人に質問する。

ルナリアとエミリはその問いに無言で頷く。

御者《ぎょしゃ》をしているチェイサーはそんなやりとりがあることも知らずに、操縦に集中している。

ハルたちの馬車から少し離《はな》れた後方を数台の馬車がつけてきている。

一定の距離《きょり》を保っており、ハルたちの馬車の速度が少し落ちると、それに合わせるようあちらも速度を落とす。

「狙《ねら》いは落札したものでしょうか？」

「恐《おそ》らくはな、それも俺が狙っていた腕輪《うでわ》以外だろ。俺のは競争相手が少なかったが、二人の落札品はしぶとい競争相手がいた。だから、そのどちらかだと思う」

ハルの言葉を聞いて、真剣《しんけん》な表情でルナリアは杖《つえ》を強く握り、硬い表情をしたエミリは胸元《むなもと》で小さく拳を作っていた。

「どうします？」

魔法《まほう》で攻撃《こうげき》するか、馬車を停《と》めて戦うか、急がせて逃《に》げるか。

どの選択肢《せんたくし》を選んでも対応できるようにルナリアは頭の中でパターンを思《おも》い浮かべていく。

「そろそろ相手が動くから、先に手を出させよう」

ハルがそう告げると同時に、ちょうどタイミングを計ったかのように馬車が急停車する。

「す、すいません！　急に馬車が接近してきて！」

驚《おどろ》きながらもチェイサーは最初にハルたちへの謝罪を口にする。

ひと気がなくなったあたりで、相手が仕《し》掛《か》けてきたための急停車だった。

「あぁ、わかっている。チェイサーは馬車にいてくれ。俺たちが話をつける」

準備をしていたハルたちはすぐに馬車を降りて、隣に来ていた馬車と対峙《たいじ》する。

後方から追いかけていた他の馬車もハルたちに追いついていた。

馬に乗った数人の護衛とともに、貴族らしい風貌《ふうぼう》の男性がハルたちのもとへと近づいてくる。

「ふんっ、観念して降りて来たみたいだな。殊勝《しゅしょう》なことだ」

偉《えら》そうにふんぞり返った男は鼻で笑いながらハルたちを睨《にら》みつけている。

「あんた、確かオークション会場で見かけたな」

ハルは自分たちと競い合った相手と、その周囲にいた人物を確認《かくにん》していたため、相手の顔も覚えていた。

　そこにいた中の一人であるとハッキリと思い出していた。

「よく覚えていたな。あぁ、そうだ。私はお前たちとその胸当てを競ったものだ」

「あぁ、その下品な顔はそうそう忘れられないからな」

「……なっ！　貴様！」

　しれっと真顔で言うハルに対して、男は顔を真っ赤にして苛立《いらだ》ちを募らせる。

「旦那様《だんなさま》、落ち着いて下さい。あれはあの男の手です」

　ハルはそんなつもりはなく思ったことを口にしただけだったが、男のすぐそばに控《ひか》えていたエルフが落ち着いた声で助言をする。

「むむっ、そんなことを！　油断ならないやつだ……まあいい、そんなことよりもその娘《むすめ》が身に着けている胸当てを私に寄越《よこ》せ」

　男の言葉を聞いたハルはこめかみがピクリと動く。

　ルナリアはエミリをかばうように後ろに隠《かく》し、エミリは自分の胸当てにきゅっと手をあてている。

「あんたはその身なりや連れているやつらを見る限り、どこぞの貴族なんだろ？」

「うむ、お前が言う通り私は貴族だ。貴様のような冒険者風情《ぼうけんしゃふぜい》とは生まれからして違《ちが》う。

わかったのなら早くその胸当てを渡《わた》すのだ！」

ハルの質問に、指先で襟元《えりもと》を正しながら鼻を鳴らしつつ正直に答える貴族の男。

「やっぱりな。だが、悪いがこれは俺たちが落札したものだ。そもそもあんたは貴族なのに、その冒険者風情に競り負けたのが悪いんじゃないのか？　貴族っていうのは、冒険者よりも金を持っていないのか？」

「ぐ、ぐむむ、ああ言えばこう言う。生意気な小僧《こぞう》だ！　——お前ら、やってしまえ！」

ハルの言い分に思い当たる節があるのか、悔《くや》しそうに身体を震わせた貴族の男はとにもかくにもエミリが身に着けているエルフェニウムプレートを手に入れたいようで、その障害となるハルたちは邪魔《じゃま》もの以外のなんでもなかった。

「——二人とも下がっていてなの……」

そう言って前に出てきたのはエミリだった。

彼女は一歩二歩と進み、貴族の男の手下に近づいていく。

「エミリさん！」

怪我《けが》をしてしまうことを恐れたルナリアが名前を呼んで手を伸《の》ばし、追いかけようとするが、ハルは腕《うで》を伸ばして止める。

「……エミリに任せよう」

今回の貴族たちの件は自分がこの装備を欲しがったことが原因であると考えていた。

ハルはそんな彼女の気持ちを理解しており、それらを自分自身の手で解決させることで一歩前に進めるのではないかと考えていた。

「おぉ？　自ら胸当てを差し出そうというのか？　なかなか殊勝ではないか。ほれ、何をしておる？　その娘から胸当てを受け取らんか！」

にやりと笑いエミリを見ながら部下を叱責《しっせき》する貴族の男。

慌《あわ》てて一人の男がエミリにかけよる。

その次の瞬間、声もなく男は頽《くずお》れた。

「……なっ!?　何が起こったというのだ!?」

状況《じょうきょう》を理解できない貴族の男は、ぎょっとした表情でただただ困惑《こんわく》している。

その間にも淡々と前へ進むエミリは別の男に近づき、拳を放つ。

「ぐはっ！」

今度は声を出したが、一撃《いちげき》で意識を失っている。

「次……」

ボソリと呟《つぶや》いたエミリの言葉の意味を理解しかねる男たち。

「次、かかってきて。わたしに倒されたい人……かかってきなさい、なの」

抑揚《よくよう》のない言葉だが、すっと前に向けられた眼《め》の奥《おく》には怒《いか》りの炎が燃えている。

「く、くそっ！　うがっ！」

別の男が剣《けん》を振《ふ》り上《あ》げてエミリに襲《おそ》いかかるが、先に彼女の拳が腹にめり込んで倒れてしまう。

「うおおおお！　げふっ！」

「小娘《こむすめ》があぁ！　ほげらっ！」

次々に襲いかかっていくが、なすすべなく倒れていた。

完全に場を支配したエミリに太刀《たち》打《う》ちできるものはおらず、わずか数分のうちにほとんどの部下が倒され、残ったのは貴族の男とエルフの男だけになっていた。

「残ったのはあなたたち二人、どうするの？」

まだ戦うつもりがあるのか？　そうエミリは尋ねる。

普段《ふだん》は天使を思わせるほどの可愛らしい彼女だからこそその表情は気迫《きはく》あるものだ。

「まさか、同族にここまで近接戦闘《せんとう》に長《た》けた人がいるとは思いませんでしたよ。ふう……うまくすれば、この男に胸当てを落札させられると思ったのですが、期待外れでしたね」

やれやれと肩《かた》を竦《すく》めたエルフの男は先ほどまでは貴族の男に仕える者という立場だったが、態度を一変させる。

「な、何を言っておる！　早く得意の魔法であやつらを倒すのだ！」

「ふふっ、これまでお世話になりました。私はこれで失礼させて頂きますよ」

貴族の男を見下してそう言うと、エルフの男は視線をハルたちへと移す。

「今回は私の負けです。もし、次に会うことがあれば今度は私が勝たせてもらいます」

意味ありげに微笑《ほほえ》んだエルフの男はそう言ってマントを翻《ひるがえ》すと、一瞬《いっしゅん》のうちに姿を消した。

「――なんだか、不思議なやつだったな」

ハルは頭を掻《か》きながらそう呟いた。

「同族なのに……困った人なの」

エミリは呆《あき》れるように消えた場所を見つめていた。

「み、みなさん、大丈夫《だいじょうぶ》ですか？」

片づいたところでチェイサーが馬車から飛び出て安否を確認してくる。

「あぁ、無事だ。あいつらはエミリが一人で倒してくれたよ」

未《ま》だ倒れている男たちをハルが指さす。

「な、なんと。これはこれはエミリさんも相当な実力をお持ちなのですね……私、感服いたしました」

チェイサーはそう言いながら恭《うやうや》しく頭を下げる。

「うふふーっ、わたしもちゃんと役にたつの！」

そんなやりとりの間に貴族の男は地面を這《は》うようにして逃げだしていた。

それからは馬車を遮《さえぎ》るものはなく、静かな帰り道でギルドへと戻ることとなった。

到着《とうちゃく》すると、チェイサーに空き部屋へ案内される。

「お座り下さい。色々なことがありましたが、何にせよみなさんの希望されたものを全て落札できて一安心です」

温かいお茶が出され、チェイサーもリラックスしている様子が見られた。

オークションという場に慣れているとはいえ、今回の入札では緊張《きんちょう》を強《し》いられていた。

加えてオークション後に襲われたとなれば気を緩《ゆる》める暇《ひま》もなかった。

「俺としてはかなりよかったよ。腕輪も手に入ったし、ルナリアの杖もエミリの胸当ても手に入ったからな。それにエミリの強さを見ることもできたから万々歳《ばんばんざい》だな」

一口お茶をすすった後、ハルは満足そうな顔になって、エミリの頭を優《やさ》しくぽんとなでる。

「ですねえ、エミリさんすっごく強かったです」

ルナリアは落札した杖を大事そうに抱《かか》えて肌身《はだみ》はなさず、持ちながら笑顔で話す。

笑顔の理由はエミリの活躍《かつやく》だけでなく、自らの希望の品が手に入ったということもあった。

「うー……せっかくチェイサーが頑張《がんば》ってくれたものを寄越せとか、厚かましいし失礼なの」

両手でカップを持ちながらちびちびお茶を飲んでいたエミリは襲ってきた男たちのことを思い出して不機嫌《ふきげん》そうに唇《くちびる》を尖《とが》らせていた。

「あの貴族の方のお顔とお名前を記憶《きおく》しておりますので、しかるべき方に報告しておきますのでご安心下さい——ただ……姿を消したエルフの方について追跡《ついせき》するのは難しいと思われます」

最初は笑顔だったチェイサーは、後半表情を曇らせてそう言った。

一瞬で姿を消したエルフの男。

男の目的はエミリが身に着けているエルフィニウムプレートだということはわかっていた。

「にしても、なんでその胸当てをそこまでして欲《ほ》しがったのかが謎《なぞ》だな。もちろん使われている金属が珍《めずら》しいものだっていうのはわかる。だけど金を持っている貴族が、エルフにちょっとそそのかされたくらいで正式な落札者を襲うまでするか？」

ハルはその点を疑問に思っていた。

「エミリさん、何か心当たりはありますか？　エルフの方がその金属の装備を持つと何かがあるとか」

「うーん……」

ルナリアの質問にエミリはきょとんとしたあと、首を傾《かし》げ、考え込んでいる。

「恐らくだけど、この金属はエルフが装備すると装着感が良くて、力が強く発揮できる気がするの。それをあの人も知っていたのかもしれないの」

「ふむ、なるほどな。まあ、なんにせよ本当のところはあいつに聞かないとわからないってことか。それならまた出くわした時に質問するまでだ」

ハルはわからないことに時間を割《さ》いても仕方ないと割り切ることにする。

ルナリアもエミリもその考えには同意しており、ゆっくりと頷いていた。

「そうですね。とりあえずみなさんには手数料を引いた今回の落札金をお渡しします」

いつの間に計算を終えたのか、チェイサーが金の入った袋《ふくろ》をテーブルの上に置いた。

「あぁ、どうも……って相変わらずかなりの金額だなあ……」

テーブルに置かれた時の音から、かなりの重さがあることがわかる。

「いえいえ、何をおっしゃっているんですか。ベヒーモスの素材ですよ？　いくらの値段がついたと思っているんですか。あれほど珍しい素材を出品したのですから、これだけの額になって当然です」

苦笑しつつチェイサーは呆れたような表情で、これが適正な価格であると説明し、頷いている。

「……とりあえず、ありがたくもらっておくよ。ルナリア、エミリ、俺のカバンに入れておくからな。何か買いたくなったら言ってくれ」

「わかりました」

「りょーかいなの！」

金に頓着《とんちゃく》が薄《うす》いハルは中身を確認せずにカバンにしまい、ルナリアとエミリもそのことを別段気にする様子はなかった。

それを見たチェイサーは一瞬あっけにとられてしまうが、こういう人たちなのだと納得《なっとく》して苦笑した。

「それじゃあチェイサー、色々と世話になった。ドラクロにもよろしく言っておいてくれ」

「失礼します」

「うん、ありがとうなの！」

ハルたち三人があっさりと別れを告げて出て行くのを見て、チェイサーは思わず呼び止めようと手を伸ばしたが、思い改めすぐに手を下ろした。

「こちらこそ、なかなか得難《えがた》い経験をさせてもらいました。また、この街にお立ち寄りの際にはお声がけ下さい。特に用事がなくても、みなさまなら大歓迎です」

ハルたちには目的があり、この街への滞在《たいざい》を望むことはその目的までの道のりを妨《さまた》げることになる。

そう考えたチェイサーが発した言葉は、彼らを気持ちよく送り出すものだった。

「あぁ、近くに来た時には立ち寄らせてもらうよ」

「ありがとうございました」

「チェイサー、バイバイなの」

三人はチェイサーに別れを告げると、ギルドから出て行った。

「ふう、とんでもない方たちとお知り合いになれたな……みなさまの行く末に幸《さち》あらんことを」

思わず笑みがこぼれたチェイサーは祈《いの》るように彼らを扉《とびら》ごしに見送った。

「今日は、色々あったなあ……」

「ですねえ……」

「うん……」

外に出た三人はしみじみと呟く。

呪《のろ》いを解き、能力を確認し、装備を買い、オークションに参加し、その後貴族に狙われると、イベント尽《づ》くしだった。

「あとは……寝《ね》よう」

「賛成です」

「賛成、なの、ふわあ……」

エミリは既に欠伸《あくび》をしており、目を擦《こす》っていた。

宿に戻った三人はベッドに入るとすぐに眠《ねむ》りに落ちることとなった。

第五話　精霊《せいれい》種

翌日、目覚めた三人の姿は再び冒険者ギルドにあった。

朝食をどうするか話し合っていた時に、エミリが自分も冒険者として登録したいと言い出したための行動である。

「ね、ねえ、大丈夫なの？」

ギルドまでやってきたものの、子どもの自分でも本当に登録できるのかと、ここにきてエミリは不安に陥《おちい》っていた。

「大丈夫だって、登録したいって言って、ちょっと力を見せれば完了《かんりょう》だ。昨日、あいつらを殴《なぐ》り飛《と》ばしたエミリだったら絶対に合格する！」

「そうです！　あれだけの力を持っていて不合格にする人がいたら、全力で抗議《こうぎ》します！」

ハルもルナリアも、エミリほどの実力を持っていれば大丈夫であると信じており、その信頼《しんらい》がエミリの背中を押《お》す。

「あ、あの！　冒険者登録お願いします、なの！」

すぐ後ろにハルとルナリアがついて来ていたが、あくまで自分の登録であるとエミリが一人で受付に用件を伝える。

「はい、エミリさんの冒険者登録ですね。受領いたします。ランクは一番下からになりますがご了承《りょうしょう》下さい。冒険者についての説明をお聞きになりますか？」

対応したのはたまたまチェイサーであったため、話がトントン拍子《びょうし》に進んでいく。

「「えっ？」」

それに対して疑問の声をあげたのは、エミリではなく後ろについてきていたハルとルナリアだった。

「あれ？　試験はやらなくていいのか？」

ハルはギフトに目覚めるまでこの試験に通らなかったため、冒険者登録することができなかった。

しかし、今回はノーチェックでの登録となっていた。

「それはもう、もちろんです！　昨日の戦いの結果を私が見ております。あれだけの数の武器を持った男たちをたった一人で倒《たお》されたエミリさん。あの力があれば試験など必要ありません。その力は私が保証します！」

そんなチェイサーの言葉に内心では構えていたハルとルナリアは力が抜《ぬ》ける。

「え、えっと、冒険者については二人から聞くから大丈夫なの。チェイサー、ありがとうなの」

「いえいえ、あとは冒険者ギルドカードの発行がありますので、少々お待ち下さい」

チェイサーは普段の業務でも手際《てぎわ》が良く、あっという間に手続きを終えていく。

全て終えたエミリは、最初に何を受けるのか選ぶため依頼掲示板《いらいけいじばん》の前にいる。

通常であれば、子どもがそんな場所にいることを揶揄《やゆ》するような声があるものだが、そんな声は一つも上がっていない。

ここの冒険者のほとんどが、あの日村の救出に向かった者たちである。

そして、盗賊と魔物《まもの》の多くをハルとルナリアが倒したことを知っている。

加えて、エミリがあの時の生き残りであることも知っていた。

「ハル、ルナリア、あの依頼受けたいかも！」

そんな彼女《かのじょ》が笑顔で冒険者として活動するのであれば、黙《だま》って見守ろうと周りにいる冒険者たちは決めていた。

「どれどれ……冬林檎《ふゆりんご》の採集か。確か白い果実で、寒い雪山でしか採ることができないっていう話のやつだな。いいんじゃないか？　北の山は万年雪が積もっている冬山で、そこなら手に入るはずだ」

ハルはその依頼を確認して、自分たちの実力であれば問題なく達成できるものだと判断する。

「やったなの！　それじゃあ、ついでにこっちの依頼も受けるの！」

エミリはもう一つ、北の山で達成できる依頼を指さしている。

「なになに……雪熊《ゆきぐま》の毛皮かあ」

エミリが指さした依頼の内容をハルが口にする。

それが聞こえた冒険者たちはざわついている。

雪熊といえば、冒険者ランクB以上でなければ受けることのできない、熟練の冒険者向けの依頼である。

それを先ほど登録したばかりの、子どものエルフが受けると言っていることに、信じられない、危険すぎる、まさか受けるわけがないだろうという思いからざわつきが広がっていた。

「まあ、いいか。これは俺が受けていけばいいだろ」

ハルの冒険者ランクはCランクであるため、一つ上のBの依頼まで受けることができるため、そう判断を下す。

「それじゃ、チェイサーのところに行って手続きをしよう」

それを聞いた冒険者たちは、ギルドでも責任ある立場のチェイサーならば、適正かどうか正しく判断してくれるだろうと安心している。

「……なるほど、冬林檎と雪熊ですか。わかりました、それではみなさんカードの提出をお願いします」

「「ええええっ！」」

まさか止めるだろうと誰《だれ》もが思っているなかで、チェイサーがなんのためらいもなく手続きをしていることに周りが騒《さわ》いでいる。

チェイサーは三人の実力を理解しており、彼らならこれくらいの依頼は簡単にこなすであろうと予想している。

「雪山ですので防寒対策をしていかれるのが賢明《けんめい》だと思われます」

「そうだな、まずは防寒具と食料を買いそろえよう」

「はい！」

「りょーかいなの！」

寒さが厳しくなる北の山越《やまご》えには、入念な準備が必要となる。

こういうところで手を抜かないことが冒険者として長く生き残らせていくことになる。

「そうそう、件数は少ないのですが山で不思議な魔物と会ったという情報がありますので、重々お気を付けて」

「色々とありがとう」

「ありがとうございます」

「ありがとうなの」

三人は礼を言うとギルドをあとにして買い物へと向かう。

雪山を越《こ》えて旅に出るものや、今回のハルたちのように雪山での依頼をこなすものもいるため、幸いいくつかの雑貨屋や洋品店を回ることですぐに防寒具を準備することができた。

「あったかいの！」

「モコモコで温かいですね。それにエミリさん、すごく可愛《かわい》いですよ！」

「うふふ、ありがとうなの。ルナリアもすごく可愛いの、ね、ハル？」

エミリが話を振ると、ハルは頬《ほお》を掻き照れた様子で頬を赤くしている。

「そりゃ、まあ、な。可愛いと、思うぞ」

「あ、ありがとうございます」

視線を逸《そ》らしながら言うハルに対して、ルナリアは俯《うつむ》き加減でチラチラハルのことを見ながら頬を真っ赤にしていた。

照れあっている二人の様子をエミリはニコニコしながら見ていた。

馬車で北の山に向かっていくと、徐々《じょじょ》に気温が下がっていくのを肌《はだ》で感じる。

空はどんよりと灰色の厚い雲に覆《おお》われて、雪が舞《ま》っていた。

「はあっ……」

自分の手を温めるようにエミリが長く息を吐《は》き出《だ》すと、白く色づいていた。

「ねえねえ！　息が白いの！」

エルフが普段生活をしている森は温暖な気候で、朝晩など気温が低くなってもここまで寒くなることはほとんどない。

それゆえに、初めて見る息の白さにエミリはキャッキャとはしゃいでいた。

「エミリは元気でいいなあ。俺は寒いのは苦手だよ」

一方でため息交じりのハルは寒さに震《ふる》え、手綱《たづな》を握《にぎ》りながらも手を擦り合《あ》わせて温めている。

「わ、私も寒いのは苦手です……」

ルナリアはハル以上に寒さに弱いらしく、耳や尻尾《しっぽ》を垂らし、毛布で身を包み、暖をとっている。

「うーん、二人ともすっごく強いのに寒いのはダメなの？」

「いやいや、そもそも強いのと寒さはなんの関係も……って、それだ！」

エミリの質問に答えようとしたハルは何かに気づいて、ポンっと手を打つ。

「おっと、危なっ」

思わず手綱を手放してしまったため、慌てて握りなおす。

「手綱はとりあえず右手で持ってと、左手は……『炎鎧《えんがい》』」

ハルは思いつきを試《ため》すように左手にだけ炎を、しかも周囲に燃え移らない程度の量で呼び出す。そして、炎だけを収束させて熱は身体《からだ》にとどめておく。

すると、左手がぼわっと赤く色づいたように見える。

「わぁ！　なにそれ！」

馬車にいたエミリが御者台《ぎょしゃだい》にいるハルのもとへと移動してくる。

「触《さわ》ってみるか？　多分熱くはないと思うけど」

「うん！　わあっ！　すごい、ハルの左手すごく温かいの！」

「本当ですか！」

温かいと聞いてルナリアまで飛びつくようにハルの隣《となり》にやってくる。

「わあ、本当だ！　ハルさんすごいです！　うぅ、温かい……」

ルナリアはエミリを抱《だ》いて、その体温で身体を温めて、ハルの左手を掴《つか》んで冷え切った手を温めていた。

「ふふっ、こうやってくっついているとなんか楽しいの」

嬉《うれ》しさを噛《か》みしめるように呟くエミリの一言を聞いてルナリアは自分がどんな状況にあるか改めて把握《はあく》して顔が真っ赤になるが、それでも寒さには勝てずハルの隣にいることを選ぶ。

山のふもとに到着するまでそれは続いた。

「さて、ここから本番だ。山越えはきついから慎重《しんちょう》に進んでいこう」

ハルは御者をルナリアに代わってもらうと、馬車を降りて先行する。

「あぁ、温かかったのに……」

そんなハルのことを名残惜《なごりお》しそうに見るルナリア。

その懐《ふところ》にはエミリがそのまま座《すわ》っている。

「ルナリア、俺は炎鎧の力を使って身体を温めた。つまり……」

ハルは自分のスキルで身体を温めることができた。

もしかすれば、他の方法でも似たようなことができるのではないかと考えていた。

「――はっ！　火魔法を応用すれば……いえ、火魔法と風魔法を合わせて……」

ハルの言葉をヒントにルナリアは自分が使える魔法を思い出しながら、その効果を混ぜあわせていく。

「あれ？　なんか、すごく暖かくなってきたよ？」

「ふう、成功しました。火魔法で熱を起こして、その熱を風魔法で馬車にまとわせました！」

ルナリアは暖かくなったことで、余裕《よゆう》が出てきたようだった。

「ほう、これはすごい」

ハルの予想では魔法を使って小さな火を作り出せば暖かいだろう程度のものだった。

それを上回る効果を生み出したルナリアの魔法センスに感嘆《かんたん》していた。

「ルナリアは魔力《まりょく》が多いから、ずっと維持《いじ》していても大丈夫そうだな」

「はい！　これくらいならしばらくは保っていけそうです！」

ルナリアは笑顔《えがお》で頷《うなず》く。

温度を一定に保てるおかげで、さきほどまで毛布にくるまってガチガチと震えていた彼女の姿はどこかに吹《ふ》き飛んでいた。

「とにかくこれで寒さ対策は完璧《かんぺき》だ……おっ、アレが冬林檎じゃないか？」

ハルが指さした方向には数本の木がある。

雪が積もっているため、葉の部分は真っ白になっていた。

「えっ？　どれどれ？　木、はあるけど……うーん？」

エミリは何度もハルが示す方向を確認するが、そこには雪の積もった木があるだけで、林檎はどこにも見つからなかった。

「ですね、私もわからないです……」

同じくルナリアも確認するが、彼女の目にも林檎の姿は映らなかった。

「……あー、そういうことか。二人とも林檎って聞いて赤いのを想像しているんだろ。冬林檎っていうのは普通《ふつう》のとは違うんだよ。ちょっと待ってろ」

そう言うとハルは木に近づいて、枝に手を伸ばす。

そして何かを手にすると馬車へと戻《もど》ってきた。

「ほら、これだよ」

「えっ？」

「うわあ、すごい！　白いよ！」

ハルが持ってきたのは真っ白な林檎だった。

「冬林檎は雪山にしかない。それは、白い皮が雪と同化することで生存力をあげるためだと言われている。前に何かの本で読んだんだけどな」

ハルは荷物持ち時代に得た知識を披露《ひろう》する。

しかし、二人は白い冬林檎に夢中で聞いていないようだった。

「まあ、林檎はまだまだなっていたから、それをいくつか採って帰ればいいだろ」

そう言うとハルは再び木の近くに戻って冬林檎を採集していく。

「わたしもとるの！」

「私も！」

エミリとルナリアもハルのあとを追いかけて、冬林檎の採集に加わっていく。

「本当に白いまま木についているの！」

「初めて見ました……」

二人とも冬林檎をとりながら改めて驚いている。

ちなみにエミリの身長では届かないため、ハルが抱えて持ち上げている。

一人十個ずつ採って、そこで終了《しゅうりょう》とする。

「まあ、全部採るのはマナー違反《いはん》だからな。次の人のことや、種のことも考えて残しておこう」

「了解《りょうかい》なの！」

「わかりました」

冒険者の心得としてハルはエミリの指導をしていく。

「あとは雪熊だけなんだが……」

ハルは頂上を見上げながらそう呟く。

「ここまで魔物の気配はなかったから、上を目指すしかないか」

ハルは上には行きたくないというような口ぶりでそんなことを言う。

何かわからないが、ハルは嫌《いや》な予感を覚えていた。

それでも、今回の依頼を達成するためには上に行かなければいけない――そう思って足を進めていく。

ハルは口数が減り、ただただ進む先を見つめていた。

時間にして一時間ほど経過したところで、長い一本道に到着する。

「なんだか、嫌な感じが……」

「あぁ、俺《おれ》もそれを感じていた」

ルナリアは道の先を睨みつける。

エミリは肌で何かを感じているらしく、おびえたような表情でルナリアの服を掴んでいた。

「さあ、この先に何かあるぞ。二人とも準備をしておくんだ」

ハルが声をかけると、ルナリアとエミリは装備を確認《かくにん》する。

そして、馬車を降りていつでも戦闘に入れるような態勢をとっておく。

一本道を進んでいくにつれ、奥から伝わってくる気配は強くなりハルたちの緊張も同時に高まっていく。

そして、ついに一本道を抜けた。

「はぁ？」

「えっ？」

「うわあっ！」

ハルは訝《いぶか》しげな表情になり、ルナリアは何が起こったのかと驚《おどろ》き、エミリは感激に笑顔になっていた。

「な、なんでこの冬山にこんな……」

「はい、私は夢を見ているのでしょうか？」

「お花畑！」

エミリの言葉が示すとおり、そこは大きな広場のようになっており、一面に色とりどりの花が咲《さ》き乱《みだ》れていた。

「なんでこんな現象が……あいつか」

冬山に見られる春の光景。この状況を作り出している原因が花畑の中央に鎮座《ちんざ》している。

馬車より少し大きなサイズの魔物。その存在感は離《はな》れているハルたちにまで届いている。

「あれは、竜種《りゅう》……ではないのか」

「見たことのない魔物ですね」

魔物について学び続けてきたハルにも正体がわからず、ルナリアも心当たりがなかった。

「あれは――精霊種」

しかし、エミリだけはその正体を知っているようだった。

エミリの呟きに呼応するかのように精霊が身体をむくりと起こしてハルたちに視線を向けた。

『汝《なんじ》らは何者だ』

直接脳内に語り掛《か》けるような声が響《ひび》いた。

何者だと問いかけた精霊種は、竜のような鱗《うろこ》を持っていて、しかし大きな身体の四足歩行で、額には角が生えている。

「知能も高いようだな」

「あれは、魔物というより精霊、しかも高位だから話すのは普通なの。でも、わたしも初めて見たの」

エミリは淡々《たんたん》と口にするが、その実、頬に赤みがさしており目も大きく見開いている。

それだけで、興奮しているのがハルたちにも伝わってくる。

「すごいです、精霊だなんて……」

物語の中でしか聞いたことのない精霊を目の前にしていることにルナリアも口元に手を当て驚いている。

精霊とは基本的には精霊界と呼ばれる場所に生息しており、一部の魔力密度の濃《こ》い場所で出会うことができると言われている。

しかし、それほどの場所となると人ではたどり着けない場所がほとんどだった。

『――再度問おう、小さき者たちよ。汝らは何者だ？　この場所に入れないように結界を張っていたはずだが？』

そう言われてハルたちはここまでの道のりを思い返す。

強い気配があったため、そこに向かってただただ歩いていただけだった。

しかし、実力のない者たちであれば結界に阻《はば》まれて別の道へと自然に誘導《ゆうどう》されてしまう。

少し力のある者であればあれほどの気配の前に別のルートをとるか、引き返す。

ハルたちが気づいていなかっただけで、実際には横にそれる道はいくつか存在していた。

「なるほど……俺たちは普通の冒険者《ぼうけんしゃ》一行だ。冒険者ギルドの依頼でこの山に来たんだ。

結界があったかどうかはちょっとわからないが、俺たちはあんたの強い気配に引きつけられてここまで来たんだ」

ハルがここまでやってきた理由を説明する。

『……ただ我の気配に引きつけられただと？　ただそれだけの理由で結界を抜けて来ただと？』

その理由は精霊種にとって納得のいかないものであるため、表情が険しくなる。

心なしか周囲の空気が冷え込んだように感じられた。

「精霊さん、怒《おこ》らないで。本当のことなの。この二人の力をよく感じて？　力ある人だから。それだけの力があるから、結界で止められることはないし、強者の気配にひかれたの」

エミリは咄嗟《とっさ》に二人の前に立って説明を補足した。

エルフは種族特性として精霊との交信力が高く、適切な距離《きょり》感を保ってきた。

精霊もエルフのことを悪く思っていない。

だからこそ、ここは自分が前に立たなくてはと彼女は毅然《きぜん》とした態度で弁を務める。

『ふむ……少女の言葉のとおり、確かにそこの二人は強い力を秘《ひ》めているようだな』

精霊は自分の領域に足を踏《ふ》み入《い》れられたことでイラついていた。

しかし、エルフであるエミリの言葉で冷静さを取《と》り戻し、改めてハルとルナリア、そしてエミリのもつ能力を感じ取っていた。

『少女の持つ力も強いようだな。エルフにしてはいびつな力のようだが……』

落ち着いて三人を順番に見た精霊はエミリの力を見ながら訝しげな雰囲気《ふんいき》を出す。

魔法《まほう》や弓が得意だというのが一般的《いっぱんてき》なエルフのイメージであり、精霊もそのことを知っている。

ゆえに、エミリが秘める格闘《かくとう》の力に疑問を覚えていた。

「わかっているの。でも、それがわたしの力だし、ハルもルナリアも認めてくれた。わたしにはそれで十分なの」

少し硬《かた》い表情になったエミリは胸元《むなもと》に手をやる。

彼女は自分が持つ力のことを認識《にんしき》し、その強さが自分の大事な一部であると考えていた。

『なるほど、言いたいことはわかった。そなたらに力があることも理解した――だが、一つだけ気に入らないことがある。それは、我の領域に入ったままのうのうと話をしていることだ。たとえエルフであったとしてもな』

そう口にした精霊は威嚇《いかく》するように大きく口を開いて牙《きば》を見せる。

「ごめんなの、説得できなかったの……」

二人のもとへと戻ってきて謝《あやま》るエミリの頭をハルが撫《な》で、ルナリアが肩《かた》に手を置いた。

「気にするな。そもそも悪いのはエミリじゃなく、一方的にけしかけてこようとしているあいつのほうだ」

「ですね。ちょっと口の過ぎる精霊さんは私たちでこらしめちゃいましょう」

謝った時のエミリの顔がどんなだったか、ハルとルナリアは見なくても予想がついていた。

きっと悲しそうな顔をしているはず。

そのとおりであり、そんな顔をさせた精霊に対して怒《いか》りを覚えた二人は前に出た。

「さて、うちの子を悲しませた分、少し反省してもらわないとだな」

『やる気になったようだな。なら、その子どもから狙《ねら》わせてもらおう！』

地面を蹴《け》った精霊の動きは速くあっという間に距離を詰《つ》めて、エミリに大きな口で噛みつきにかかる。

――ガチリッ！

金属音をたてて牙が止まる。

「させない」

静かに呟《つぶや》いたのはハルだった。

噛みついた先にあったのは、皮膚《ひふ》硬化《こうか》、鉄壁《てっぺき》、竜鱗《りゅうりん》のスキルを使ったハルの腕《うで》だった。

『な、なんだと!? 人間の腕がこれほどに硬《かた》いわけが!!』

精霊は驚いて距離をとる。

「ハ、ハル、大丈夫《だいじょうぶ》なの？」

「あぁ、あれくらいの攻撃《こうげき》ならなんともない。ほら、傷一つついていないだろ？」

「ほ、ほんとだ！」

ハルの能力を全《すべ》て理解しているわけではないため、エミリは不安そうな表情で腕を見るが綺麗《きれい》なままの腕がそこにあることがわかって安心する。

「さて、エミリ。あいつをぶん殴るだけの気合は入っているか？」

「――えっ？」

ハルの質問に驚くエミリ。

「なんだったら、私がぶん殴ってあげますよ！」

気合十分なルナリアはルナティックケーンではなく、メイスを手にしていた。

せっかく手に入れた新しい武器を使ってみたい気持ちはあったが、魔法で戦ってしまっては周囲の花に被害《ひがい》を与《あた》えてしまう。

それを考慮《こうりょ》しての武器選択《せんたく》だった。

「大丈夫、わたしも戦えるの」

そう言ったエミリの手には魔導拳《まどう》（鳳凰《ほうおう》）が身につけられていた。

彼女の目は精霊を睨《にら》みつけ、戦う意思を見せつける。

ハルが精霊に向かって走り出す。

タイミングを少しずらして、横に広がりながらルナリアとエミリが追走していく。

『くっ、いくら硬いとはいえ小さき人間風情《ふぜい》が精霊にかなうものか！』

自らの力に自信をもっている精霊は、正面から向かってくるハルを最初に倒してやろうと決めて右の前足を振《ふ》り下《お》ろす。

ハルが走りこんでくるタイミングに合わせた攻撃は、そのまま命中するものと思われた。

「――当たらない」

しかし、ハルが生み出した甲羅《こうら》の盾《たて》によってその攻撃は防がれることとなる。

『なっ⁉』

あっさりと攻撃を防がれたため、精霊は動揺《どうよう》し、大きな隙《すき》を作ってしまう。

勢いよく振り下ろした攻撃であったため、いなされた精霊の右前足は大きく弾《はじ》かれている。

そんな大きな隙をハルが見逃《みのが》すはずがなく、精霊の顔面目掛《めが》けて炎《ほのお》に燃えた拳《こぶし》が飛んでいく。

『ぐはぁ！』

精霊が目の前に迫《せま》る拳に気づいた時には痛みが身体を襲《おそ》う。

しかもその攻撃がクリーンヒットしたことにとても驚いていた。

精霊種は物理攻撃に強いという特性があり、当たったとしても大したダメージは喰《く》らわないと踏んでいた。

しかし、ハルの攻撃は燃える拳であり、魔力も込められていたため、見事に精霊にダメージを与えることに成功する。

『な、なぜ燃えている？　なぜ人の拳で我にダメージを⁉』

精霊は混乱のさなかにいる。

人などという種族は精霊よりも劣《おと》っており、ましてや効果的な攻撃を、しかも素手《すで》で行ってくることなどありえない――そう思っていただけに、ハルの攻撃を受けてふらついている自分自身のことが信じられなかった。

「せえええええええい！」

そこに次の一撃《いちげき》が降りかかってくる。

今度はハルの右側を少し遅《おく》れて走っていたルナリアだった。

彼女が持つメイスは魔力を流して攻撃力《こうげきりょく》に転換《てんかん》することができる。

『ちょこざいな！　獣人《じゅうじん》の攻撃なんぞ！』

威勢《いせい》の良い掛《か》け声《ごえ》と共に振り下ろされたルナリアの攻撃に気づいた精霊はすぐに思考を切《き》り替《か》えて迎《むか》え撃《う》つ。

ルナリアの攻撃は素直《すなお》な軌道《きどう》であり、頭部めがけて真っすぐ振り下ろされていた。

精霊は姿勢をなおし、左前足でメイスを撃ち落《お》とそうとする。

ここでおかしいことに気づく。

気合のこもった声で打ち出された攻撃の割に、やけにゆっくりとした動きであった。

『まさか⁉』

ハッとして振り返《かえ》った精霊は気づいた――ルナリアの攻撃は誘導である、と。

精霊が振り返った先にはすでに強く拳を固めたエミリの姿があった。

エミリは怒っていた。

自分を守るためにハルが危険な目にあったことを。

精霊の動きが素早《すばや》いとはいえ、落ち込んでいたせいで、攻撃を許す隙を作ってしまったこと。そんな自分への不甲斐《ふがい》なさに怒っていた。

だから、この一撃は怒りが込められ、そして練りこんだ魔力が込められて、更《さら》に小さな自分の身体のバネを使った全力の一撃。

「せやああああああ！」

トーンの高い、気合のこもった一撃が山中に響き渡《わた》る。

エミリの小さな拳が精霊の腹にえぐりこむように突《つ》き刺《さ》さる。

『ぐああああああああああああああああ！』

今まで感じたことのない痛み、苦しみ、熱さ、辛《つら》さ、それらが入り混じって精霊は頭が真っ白になり、何も考えられずにいた。

「――悪いが、まだだぞ」

エミリの一撃をくらって、立っているのもやっとな精霊。

その耳に届いたハルの言葉が絶望を彼《かれ》にプレゼントする。

『ま、ままま、待ってくれ！』

一番小柄《こがら》なエミリがあれだけの強力な攻撃を繰《く》り出してきた。

そして、最初に攻撃をしてきた男は得体が知れない。

精霊たる自分の攻撃を防いだ方法がまず理解できない。

未《いま》だに拳がなぜ燃えていたのかもわからない。

そんな男が本気になってしまっては、自分は生きていられないかもしれない。

精霊とは基本的に寿命《じゅみょう》がない。

しかし、消滅《しょうめつ》することはある。

その消滅の危機に直面していると感じ取り、恐怖《きょうふ》が精霊《せいれい》を追《お》い詰めていた。

「何を待つんだ？」

感情をこめずに淡々とした声色《こわいろ》でハルが尋《たず》ねる。

『と、とにかく待ってくれ！　話がしたい！　落ち着こう！』

「先に手を出してきたのは精霊さんの方なのに？」

冷たい表情と声音《こわね》でエミリが追撃《ついげき》の問いかけをする。

『そ、それも謝罪する！』

「精霊さんの領域に入ったら許さないとか言っていませんでしたか？」

更に冷ややかに微笑《ほほえ》むルナリアによる追い打ち。

『ううっ、ご、ごめんなさああああい！』

謝罪の言葉を吠《ほ》えるように吐き出し、ぴょんと土下座のように伏《ふ》せて、身体を小さく縮める精霊。

その口調は先ほどまでの尊大なものとは異なり、まるで小さな子どものようなものだった。

「どういうことだ？」

「ど、どうしたんでしょうか？」

「精霊さん、なんか変なの」

あまりの変わりように三人はそれぞれ戸惑《とまど》いを見せる。

『うぅ、僕《ぼく》本当はここの主でもなんでもないんだよ。精霊なのは本当だけど……』

めそめそと泣きながら少しずつ本当のことを話し始める精霊。

そんな精霊の姿を見ていると、ハルたちも落ち着いてくる。

「ここの主でもなんでもない……ということは別にここの主がいるってことか？」

ハルの質問にコクリと頷く精霊。

それと同時に精霊は上空を見上げた。

この段階になって、ハルたちは上空から強い魔力と気配が降りてきていることに気づく。

「なんだ、この魔力は⁉」

「上から降りてきます！」

「鳥、さん……？」

美しく輝《かがや》く光を纏《まと》った巨大《きょだい》な鳥が羽をはばたかせながら、頂上の広場へとゆっくり降り立つ。

その羽は虹色《にじいろ》に輝いており、ひと目で普通の魔物とは違《ちが》うということがわかる。

透明感《とうめいかん》のあるその身体から放たれる魔力は神々《こうごう》しさを感じさせるものだった。

「あれも精霊さん……だと思う」

そう口にするエミリだったが、頬を汗《あせ》がつたう。

最初に戦った精霊とは圧倒的《あっとうてき》に格が違うことを感じ取っているためだった。

「これは、すごいな」

新たな精霊の存在に好奇心《こうきしん》がそそられながらも、緊張感《きんちょうかん》に身体を震わせたハルは腰《こし》にある剣《けん》に手をかける。

「逃《に》げる準備、は間に合わないですね……」

ぐっと表情を引《ひ》き締《し》めつつ尻尾をぶわりと逆立てたルナリアも覚悟《かくご》を決めてメイスを握りしめた。

『……ふむ、汝らは何か勘違《かんちが》いしているようだな。私は汝らと敵対するつもりはない。そやつが泣いていたのも恐《おそ》らくはそやつ自身が撒《ま》いた種だろう』

美しく輝く羽根を持った鳥の精霊は先ほど降り立ったばかりだったが、既《すで》に状況《じょうきょう》を把握しているようだった。優雅《ゆうが》さと気品に満ちた声音で歌うように言った。

『うう、先生……ごめんなさい』

『はぁ、やはりか……』

再び大粒《おおつぶ》の涙《なみだ》を流しながら謝る小さな精霊に呆《あき》れたように鳥の精霊はため息をつく。

どうやらこの精霊たちは師弟《してい》の関係性であるらしく、今回のようなトラブルも日常茶飯《にちじょうさはん》事《じ》であるようだった。

『この場所には強い結界を張っていたから、こやつが誰かに会うこともないと思っていたが……なるほど、汝らはよほど特別な星のもとに生まれたようだな』

興味深そうにゆったりと言いながら、鳥の精霊はハルたちの顔を順番に見ていた。

「俺たちのことがわかるのか?」

ハルが質問する。

もちろん面識はないため、ハルたちのギフトのことや加護のことを知っているのか?という意図のもとの質問であり、鳥の精霊もそれを理解している。

『うむ、私は虹鳥《にじどり》という種の精霊で、こう見えて数千年の時を生きていてな。特別な力を感じ取る能力がいつの間にか強くなったのだよ。人族の汝は二つとない特別なギフトを持っているようだな』

その言葉にハルは目を見開いて驚く。

仲間以外では女神《めがみ》しか知ることのないハルのギフト『成長』。

具体的な言葉があったわけではないが、虹鳥の精霊は確実にわかっているようである。

『獣人の汝はこれまたすごい種類の魔法を……加護はそちらの人族と同じか』

珍《めずら》しいものを見るような眼差《まなざ》しの虹鳥の精霊にこれまた言い当てられ、ルナリアは口に手をあてて驚いている。

『そちらのエルフの汝は……これは面白《おもしろ》い。こんなエルフは初めてみた。しかも魔眼《まがん》持ちとはな』

ハルとルナリアに寄《よ》り添《そ》うようにじっと構えているエミリの表情は変わらないが、虹鳥の精霊から視線をそらしている。

『はっはっは、種族も違う、能力も異なる、そんな三人が揃《そろ》ってこの山にやってくる。数《すう》奇《き》な運命の持ち主でうちの弟子《でし》を倒《たお》すとあって、実力も確か！　これは実に面白い！』

虹鳥は順番にハルたちを見て大笑いしている。

自分の弟子が負けたことは露《つゆ》ほども気にしておらず、それよりも三人に興味津々《きょうみしんしん》といった様子だった。

『うぅ、ばれてる……』

当の弟子は自分がハルたちに負けたことがばれていると、がっくりと項垂《うなだ》れている。

「それでその先生さんはどうする？　俺たちと戦うつもりがないとは言っていたが……」

ハルはいまだ警戒心《けいかいしん》を解いておらず、いつでも戦える準備をしている。

『ふむ、そのとおりだ。ゆえに、剣から手をどけてもらえるとありがたい』

敵対心がないことを感じたハルは、虹鳥の要望どおりに剣から手を外した。

『信用してくれたようだな。さて、今回は私がここを守りたいという勝手な理由で弟子であるこやつに任せたのがそもそもの原因だ。弟子が迷惑《めいわく》をかけたのも私の責任となる。その詫《わ》びもしたい。だがこの姿では威圧《いあつ》感がありすぎるな。どれ……』

そういうと虹鳥は徐々にサイズが小さくなり、ニワトリくらいのサイズに変化する。

小さくなってもその身体が持つ輝きは保たれており、より間近になったことで三人は見入っていた。

「……小さくなった⁉」

「すごいです！」

「可愛いの……」

ハル、ルナリア、エミリがそれぞれの反応を示す。

『まずは、獣人の汝。私の羽を八枚引き抜《ぬ》くのだ』

「えぇっ⁉　は、羽をですか？　えっと、こんな美しい羽根を……いいんですか？　痛いんじゃ……」

最初に指名されたルナリアは生きている鳥の羽を引き抜くという初めての行為《こうい》に戸惑っ

ている。

『良いのだ。それに痛くもかゆくもないから遠慮《えんりょ》するでない』

「わ、わかりました」

痛みがないときいて、覚悟を決めたルナリアが恐る恐る虹鳥の精霊に近づいてそっと八枚の羽を引き抜く。

抵抗《ていこう》なくすっと抜けたため、ルナリアはほっとする。

綺麗に眩《まばゆ》く輝く羽根が彼女《かのじょ》の手の上に乗っている。

「そ、それで、この羽根をどうすればいいんですか?」

『うむ、飲み込むのだ』

「飲み……!?」

思ってもみなかった提案にルナリアは目を白黒させている。

『なあに、私の羽は特殊《とくしゅ》なものだから口にいれた瞬間《しゅんかん》に分解されるはずだ』

そう言われても、とルナリアは不安そうな表情でハルに視線を送る。

ハルは大丈夫だと大きく頷いて返す。

ここまでのやりとりの中でハルは虹鳥の精霊の目をずっと見ていたが、嘘《うそ》のない目をしていると感じ取っていた。

「うぅ、わ、わかりました――――ええい！」

ルナリアは気合のこもった声を出すと、羽根を押《お》し込むように口の中へ運ぶ。

それも一枚一枚ではなく、八枚全部を一度に。

「あ、あれ？　本当になくなりました！」

口の中にいれた瞬間、霧散《むさん》してルナリアの身体に吸収されていった。

『私の羽は魔力でできている。そして、今抜かれた羽根には特に強い力を込めておいた。精霊の羽などは、精霊側が了承《りょうしょう》していれば能力強化の媒体《ばいたい》になる。火の精霊であれば、火の力が強くなるのだ』

それを聞いて、ハルとルナリアが首を傾《かし》げる。

（（じゃあ、虹鳥の場合は？））

『ふっふっふ、面白いように同じ顔をしているな。私の属性は全てだ。長い年月を生きる中で多くの魔素《まそ》を吸収した結果全ての魔力を内包するようになった。つまり……』

虹鳥の精霊がそこまで言ったところで、ルナリアは水鏡《みずかがみ》で自分の能力を確認する。

＊＊＊＊＊＊＊＊＊＊＊＊＊＊＊＊＊＊＊＊＊＊＊＊＊

名前：ルナリア　性別：女　レベル：１　ギフト：オールエレメント

スキル：火魔法4、氷魔法4、風魔法4、土魔法5、雷魔法《かみなりまほう》4、水魔法3、
　　光魔法4、闇魔法《やみまほう》3
加護：女神セア、女神ディオナ
＊＊＊＊＊＊＊＊＊＊＊＊＊＊＊＊＊＊＊＊＊＊＊＊＊＊＊

全てのスキルが二ランクずつ底上げされていた。

「えっ？　……えええええぇぇぇえええええぇぇ！」

ハルと出会ってここに来るまでの中で、最も大きいと思える声をルナリアが出している。

その反応にハルも慌《あわ》てて鑑定《かんてい》を使ってルナリアの能力を確認する。

ハルは声こそ出さなかったが、彼女同様驚いていた。

スキルのレベルが上がるというのは並大抵《なみたいてい》のことではない。

それが全て二ランクずつ一気に上がったとなるとその驚きは計り知れない。

『ふふっ、良い反応だな。虹鳥の精霊は世界広しといえども私しかいないから、それだけに効果も高い』

「あ、えっと、ありがとうございます！　これなら、すごく戦えます！」

ハルたちの反応を楽しむように微笑みながら虹鳥は自慢《じまん》げに胸を張る。

あわあわと驚きながらも感謝を口にするルナリアは、何度も自分の能力を確認していた。

「精霊自体が珍しいのに、世界に唯一《ゆいいつ》の精霊にも会えたとは……ある意味恐ろしい体験だ」

ハルはやや呆然《ぼうぜん》とした状態で虹鳥を見ていた。

『次は人族の汝の番だ。少し近くに寄ってきてくれ』

ルナリアがとんでもない結果を得たため、ハルは内心期待に胸を膨《ふく》らませながらゆっくりと虹鳥の精霊の傍《そば》へと近づいていく。

『お主のギフトは、鍛《きた》えるか相手を殺さないと発揮されないようだな。さすがに殺されてやるわけにはいかない。よって、能力だけを分《わ》け与えよう。もう少し近くに――そう、そこで頭を軽く下げてくれ』

何を言っているのかよくわからなかったが、ハルは素直に近寄って頭を下げる。

虹鳥の精霊がくちばしをゆっくりとハルの頭に近づける。

そして触《ふ》れるか触れないかというところで、虹鳥の精霊の身体《からだ》が光を放ち、その光がゆっくりとハルの身体に流れ込んでいく。

何が起こっているのかわからないため、ハルは思わず頭を上げて確認したくなるが、虹鳥の精霊が口にした頭を下げてくれという言葉を思い出して、そのままの姿勢を保つ。

そして光が収まると、ハルは自分の身体に何か力があふれているのを感じていた。

『汝も自らの力を確認するといい』

機嫌《きげんよ》良く目を細めた虹鳥にそう言われたハルは水鏡を起動して自分の能力を確認することにする。

＊＊＊＊＊＊＊＊＊＊＊＊＊＊＊＊＊＊＊＊＊＊＊＊＊

名前：ハル　性別：男　レベル：4　ギフト：成長
スキル：炎鎧4、ブレス（炎）3、ブレス（氷）4、ブレス（毒）1、ブレス（闇《やみ》）1、
　竜鱗4、鉄壁4、剛腕《ごうわん》3、統率《とうそつ》1
　耐炎《たいえん》3、耐土《たいど》3、耐風《たいふう》3、耐水《たいすい》3、耐氷《たいひょう》3、耐雷《たいらい》2、耐毒《たいどく》4、
　氷牙《ひょうが》2、毒牙《どくが》2、帯電2、甲羅の盾、鑑定、
　皮膚硬化、腕力《わんりょく》強化6、筋力強化6、敏捷性《びんしょうせい》強化5、自己再生、
　火魔法4、爆発魔《ばくはつま》法《ほう》3、水魔法3、回復魔法1、解呪《かいじゅ》、
　骨強化5、魔力《まりょく》吸収3、
　剣術《けんじゅつ》5、斧術《ふじゅつ》3、槍術《そうじゅつ》1、弓術《きゅうじゅつ》1、短剣《たんけん》1、
　開錠《かいじょう》1、盗《ぬす》み1、精霊契約《せいれいけいやく》
加護：女神セア、女神ディオナ

＊＊＊＊＊＊＊＊＊＊＊＊＊＊＊＊＊＊＊＊＊＊＊＊＊＊＊＊＊＊

「……は？」

ぱっと見ではどこに変化があるのか見落としてしまうが、自らのステータスをちょくちょく確認しているハルにはどこが変わったかわかっていた。

「これ、どういうことなんだ？　なんか、全体にすごく強くなってるんだけど」

ハルは驚き、虹鳥の精霊に確認をする。

『うむ、汝には私自身が持つ力を与え、全体的な強化を図《はか》った』

その結果がこれであると虹鳥の精霊は満足そうである。

「力を与えたって、これは……」

まず、レベルが一つ上がる。

これだけで基本能力が全体的に底上げされている。

それだけでも驚くべきことだったが、能力の中でも身体強化系のスキルのランクが軒並《のきな》み上がっていた。

更に、最後には見覚えのないスキルが増えていた。

【精霊契約】

「なあ、この最後に増えているやつって……」

ハルが質問しようとするが、虹鳥の精霊が首を横に振る。

『まずはそっちのエルフの汝に話をしてから、説明をする——少し待つといい』

そう言うと虹鳥の精霊はエミリに向き直る。

「えっと……」

無言でじっと目を見つめているため、身動きが取りにくいエミリはただ戸惑っている。

『ふむ、良い目をしている。おい、こっちにきなさい』

ぶっきらぼうにそう声をかけられたのは最初にいた精霊であり、ゆっくりと虹鳥の精霊の隣《となり》へと移動する。

『お前はこの者たちに迷惑をかけた。それはわかっているな？』

まるで親が子に言い聞かせるようなその問いかけに、精霊は素直にコクリと頷《うなず》く。

『よろしい、それならばお前はこちらのエルフの者と契約《けいやく》をして力になるのだ』

『えええええ⁉』

「ふえ……？」

虹鳥の精霊の言葉に精霊は驚き、エミリは何を言っているのかよくわからないといった反応をする。

「あー、なるほどね。それで俺《おれ》のスキルの出番ということか」

二人の契約を取り持つのがハルで、使うスキルが【精霊契約】ということだった。

『うむ、あとは二人が了承すれば、だが……お嬢《じょう》さん。お前さんは強力な魔力を持っているが、それを魔法という形で出力することができん。それは自分の能力を見てわかっているね？』

虹鳥の質問にエミリはコクリと頷く。

少し前であればその事実を突きつけられたものなら悲しみで泣いていたかもしれないが、ハルとルナリアが認めてくれた今では素直に答えることができた。

『こやつと契約すれば、その魔力を格闘以外の力にも転化できるはずじゃが……さて、どうするね？』

虹鳥の精霊がエミリと弟子に視線を送る。

「……精霊さん。わたしの名前はエミリ。見てのとおりエルフ、です。得意な戦い方は体術を使っての近接戦闘《せんとう》。エルフだけど魔法は使えない。それがわたし」

決意を秘めたようにまっすぐ前を見るエミリは精霊に向かって自己紹介《しょうかい》をする。

まずは自分の人となりを知ってもらわないことには、契約も何もあったものではないと考えていた。

『ぼ、僕は仙龍の精霊だ。仙龍といっても三代目だから、先代ほどの力はない。今は虹鳥様のもとで修業《しゅぎょう》をしているんだ』

仙龍も自己紹介をする。自分が何者であるかを初めて口にした。

「仙龍……初めて聞いたの。でも、似合ってると思う。仙龍って呼べばいい？」

その問いかけに仙龍は押し黙《だま》る。

機嫌《きげん》を悪くしたわけではなく、何やら考えこんでいるようだった。

「どうしたの？」

『……仙龍というのは僕の種族名だから、君たちを人間、エルフ、獣人って呼ぶようなものなんだ』

どうやら自らに名前がないことを仙龍は気にしているようだった。

「その前に確認《かくにん》をしたいんだけど、仙龍はエミリと契約をするつもりはあるのか？」

大前提をハルが確認する。

二人が自己紹介をしあって、互《たが》いの理解を深めようとしているのはわかってはいたが、その確認が大事だと判断している。

『……虹鳥様に言われたのもあるけど、それ以上にエミリが強かったのを見ているから、僕が一緒《いっしょ》にいるならもっと強くなれるっていうし、一緒に戦ってみたいなと思うよ』

「私も一緒に戦ってみたいと思っているの」

二人の返答を聞いてハルは満足する。

「だったら提案だ。契約をする前に、エミリが名前をつけてやったらどうだろうか？　名前をつけて結びつきをもったうえで俺のスキルで契約をするんだ」

それを聞いたエミリと仙龍は顔を見合わせて頷く。

「ハル！　ありがとう、すごくいい案だと思う」

『う、うん、名前がつくとなるとなんだかドキドキするね！』

それからエミリは座《すわ》り込んでいくつもの名前の候補を考えていく。

何かに名前をつけるという経験が初めてであったため、エミリはうなりながらどれがいいか考えていた。

「ところで、いいのか？　あいつを連れて行って。それにあの姿のまま連れていけないと思うんだが……」

ハルが虹鳥の精霊に確認をすると、虹鳥の精霊は笑顔《えがお》で頷く。

『うむ、連れて行って構わん。あいつはもっと広い世界を見るべきだ。それに、契約すれば普段《ふだん》は契約者の体内に宿ることになるから安心するといい。エルフの子が呼びかければあやつに声が伝わって姿を現すことになる』

虹鳥の精霊はハルの懸念《けねん》を全て払拭《ふっしょく》する。

あとはエミリが名前をつけるのを待つだけだった。

仙龍と向き合いながらエミリが悩《なや》んでいる間、ハルとルナリアは近くにあった花畑を散歩する。

「この寒い山にあって、こんなに花が咲《さ》いている場所があるとはなあ」

「ですねえ、精霊のお二人の影響《えいきょう》なのでしょうか？　空気も暖かいです」

ルナリアの言葉のとおり、花畑周辺は周辺に比べて暖かかった。

咲き誇《ほこ》る花々も快適そうで、生き生きとした姿である。

『その通りだ。このエリアは私が特殊な結界を張ると同時に、気候も温暖なものへと変更《へんこう》している。あいつにはその維持《いじ》を任せていたのだ』

それは虹鳥の精霊の言葉だった。

「えーっと、精霊さんも寒さを感じるのですか？」

不思議だという表情でルナリアが疑問を口にした。

イメージでしかなかったが、精霊が寒暖差を感じるとは思えなかった。

『ふむ、確かに寒いとは感じていない。だが、精霊にはその精霊ごとに適した環境《かんきょう》というものがあってな。わかりやすい例でいえば――そう、この山に氷の精霊などがくれば力が強化されるだろうな』

環境が精霊の力を強化するというのが虹鳥の精霊の話だった。

「なるほど、それであんたたちは暖かい場所だと力が強化されるのか」

納得《なっとく》がいったというハルの言葉に、虹鳥の精霊はニヤリと笑う。

『まあ、今の話の流れであればそう考えるのが当然だろうな。しかし、私もあいつもそれなりの力を持つために環境には大きく左右されることは少ない』

それを聞いてハルもルナリアも首を傾げていた。

『はっはっは、すまんな。先ほどの説明は一般的な精霊の話をしたのだ。環境に影響されないが、私は花が好きなんだ。この山に生息する花は美しいからそれを愛《め》でていたくてな。そして、その花を美しく維持してくれている精霊たちは、温暖な気候を望むものが多いのだよ』

虹鳥の精霊は目を細めて咲き乱《みだ》れる花々を見ている。

自分の気持ちを満たすために環境を変えたのだという気持ちが伝わってきた。

「なるほど、確かにこの景色は綺麗だ」

「はい、なんだか心が穏《おだ》やかになりますね」

ハルとルナリアも一緒に花を眺《なが》めていた。

花の周りを何かがキラキラと輝きながら飛び回っているのが見える。

それが虹鳥の精霊が言う花を美しく維持してくれている精霊だった。

広場を一周ぐるっと回って戻《もど》ってくるとエミリはまだ目を閉じて腕組《うでぐ》みをし、唸《うな》りながら考えていた。

「エミリさん……」

ルナリアが見かねて声をかけると、その瞬間にエミリがぱっと目を見開いて顔を上げた。

「決めたの！」

「きゃっ！」

急にエミリが声を出したため、ルナリアは驚《おどろ》き、大きく身体をのけぞらせる。

「あっ、ごめんなさいなの」

「だ、大丈夫ですよ。それより名前決まったんですか？」

驚かせてしまったことにしょんぼりとしたエミリが謝罪をするが、ルナリアは笑顔で首を横に振った。

「そう！　そうなの！　やっと決まったの！」

頰《ほお》をほんのり赤らめたエミリは興奮して仙龍を指さした。

『ほ、ほんと⁉』

「うん！」

それを聞いた仙龍も同じように興奮し、ソワソワし始めている。

初めての名づけというのはされる側も緊張するようだった。

「それじゃあ、聞かせてもらおうか」

ハルがそう言うと、エミリはハルのもとへと移動して屈《かが》むようにジェスチャーする。

指示どおりにハルが姿勢を低くすると、エミリが何やら両手で口元を隠《かく》すようにして耳打ちをする。

「なるほど……わかった……契約の時に俺が名前を発表するような形になるがそれでいいんだな？」

ハルの質問にエミリはぱあっとした笑顔で大きく頷いた。

信頼《しんらい》するハルの口からなら発表されてもいいと思っているようだった。

「それじゃあ、エミリと仙龍は俺の前に来て向かい合ってくれ」

ハルは自分のスキルを再度確認し、そして精霊契約の文言を頭の中に思《おも》い浮《う》かべていく。

これはスキルを手に入れた際に、自然と記《き》憶《おく》に焼き付けられているものだった。

一度大きく息を吸ってからハルが二人の頭の上に手をかざす。

「――〝汝《なんじ》、エミリは彼《か》の者を従者として契約することを望むか？〟」

ハルはスキルに指定されている言葉を紡《つむ》ぐ。

するとエミリの足元にすっと魔法陣のような文様の光が浮かび上《あ》がる。

「はい、誓《ちか》いますなの！」

手を上げたエミリは大きな声で返事をする。

「――〝汝、グラードは彼の者を主として契約することを望むか？〟」

ハルの言葉を聞いて、仙龍が身震《みぶる》いする。

このタイミングで『グラード』と口にしたということは、それが自分の名前になると理解したためである。

全身を駆《か》け抜ける高揚感《こうようかん》に身をゆだねていた。

「……〝汝、グラードは彼の者を主として契約することを望むか？〟」

返事がないため、再度ハルが同じ言葉を口にする。

『は、はい！　誓います！』

動揺しながらではあったが、なんとか返事をするグラード。

返事をしたということは、名前を受け入れたということでもあるため、隣にいるエミリもほっとしていた。

「〝汝らの契約はここに締結《ていけつ》された。エミリを主とし、グラードを従者とする契約は何人たりとも破ることかなわず〟」

ハルがそこまで言うと、エミリとグラードの身体が光に包まれる。

「わ、わわわ」

『な、なんか光ってる!』

それはしばらく続き、やがて光は収まっていく。

文様が消えると静寂《せいじゃく》があたりを包む。

「ふう、これで完了《かんりょう》だ。お疲《つか》れ様《さま》」

「……ハル、ありがとうなの」

『ありがとう』

精霊契約が完了したため、ハルが声をかけると二人が礼を言ってくる。

見た目上ではなんら変化は起きていないが、エミリもグラードも相手との強いつながりを感じていた。

「あの、グラード……って呼んでいいのかな?」

エミリは契約した今でも、自分がつけた名前でいいのか不安な気持ちが完全にはぬぐえていないため、確認をする。

『もちろん! 僕は君のことをなんて呼べばいい? エミリ、エミリさん、エミリ様……』

「エミリでいいの。私とグラードは主従関係の契約を結んだけど、対等なの。いい？」

『わかったよ、エミリ！』

グラードの返事にエミリは笑顔になる。

「さて、これで契約はできたけど、俺たちはこの山には冬林檎《ふゆりんご》の採集と、雪熊《ゆきぐま》の毛皮を探しに来ただけなんだが……大丈夫《だいじょうぶ》か？」

自分たちの目的地を変えるつもりはないため、虹鳥の精霊とグラードに確認をとる。

『ふふっ、構わんよ。精霊の命に制限はないし、色々な場所に行って見聞を広めることは良いことだ』

『僕も大丈夫！』

虹鳥の精霊はニコニコと、そしてグラードは元気よく返事をする。

「まあ、問題ないならよかったよ。エミリもひと安心だな」

「うん！」

ハルがそう言いながらエミリの頭を撫《な》でると、彼女は目を細める。

「あ、そういえば……」

ハルが何かに気づいて周囲を見回していく。

『どうかしたかの？』

「いや、俺たちはたまたまここにきたわけだけど、俺たち以外には誰《だれ》も来なかったのかと思ってな。迷い込むやつくらいならいたんじゃないかと……」

ハルの言葉にグラードは何か思い出してこのエリアの入り口あたりへと移動していく。

『えっと、その、他に来た人たちならここに……』

グラードがその一部分の結界を解除すると、数人の冒険者《ぼうけんしゃ》が気絶していた。

その横には数体の魔物《まもの》の姿もある。その中にはハルたちの目的である雪熊もいた。

「あー、まあそうなるよな……」

「ですねえ、回復魔法《まほう》を使ってもいいですけど、今目覚められると色々ややこしいですね」

ハルとルナリアは彼らの近くまで移動してどうしたものかと考えこむ。

『ふむ……グラード、お前の鱗《うろこ》を一枚彼らに渡すのだ』

『え、えええっ？』

グラードは驚いて虹鳥の精霊のことを大きく目を見開いてみている。

『それを証拠《しょうこ》として、お前さんたちが山頂にいた謎《なぞ》の魔物を倒したことにするといい。そして、山を下りたところで魔法を使って目覚めさせるといい』

「わかった」

ハルは返事をすると、バリっと勢いよくグラードの鱗を一枚剥《は》がしとる。

『痛っ！　ちょ、ちょっと、やるなら言ってよ！』

「あぁ、悪かった。言ったら構えて余計怖《こわ》いかなって……。とにかくこれを持って帰れば、言い訳もたつし、万々歳《ばんばんざい》だな」

悪気がないハルはしれっとした様子で鱗をカバンにしまいこむ。

「ハルさん、あちらに倒れている雪熊さんの毛皮を持っていきましょう」

「お、そういえばそんな依頼《いらい》もあったな……それじゃあ、雪熊の解体をしよう。なんだか、色々遠回りをしたような気もするけど、これで依頼完了《かんりょう》だ」

白い毛の熊を見てルナリアはこれが依頼にあった雪熊だと判断し、ハルも鑑定して名前を確認し、雪熊だと判断していた。

ハルがナイフを使って雪熊の解体を行い、毛皮を綺麗《きれい》に剥ぎ取《と》っていく。

おまけに他の魔物の核《かく》も手に入れていく。

「さて、それじゃあ戻るとするか」

「それでは、虹鳥の精霊《せいれい》さん。またいつかお会いしましょう」

ルナリアが丁寧《ていねい》に頭を下げると、虹鳥の精霊は笑う。

『ふむ、せっかく我《わ》が弟子が契約したのだから、もう少し君たちに助力しようではないか』

そう言うと虹鳥の精霊はみるみるうちに巨大になっていく。

『馬車ごと背中に乗れ。気絶している者たちも一緒に乗せるといい。みなまとめて下まで送って行こう』

ハルたちがその提案に反対することはなく、慌てて背中に乗り込んでいく。

「うわあ、すごいの！」

エミリが感動して目をキラキラと輝かせている。

美しく華奢《きゃしゃ》にも見えた虹鳥の背中は乗ってみると安定感抜群《ばつぐん》で、羽がキラキラと輝いて羽ばたくたびに光の筋ができる。

虹鳥は垂直に飛び上がると、ゆっくりと旋回《せんかい》しながら山のふもとを目指していく。

「確かにこいつは爽快《そうかい》だなあ」

「あんなに遠くまで見えますよ！」

ハルは風を感じて笑顔になり、ルナリアも見える景色にまるで子どものようにはしゃいでいる。

しばしの空中遊泳を楽しんだハルたちは、最初の話のとおりふもとに降ろされる。

ハルたちを降ろすとすぐに飛び立っていってしまったため、ろくに挨拶《あいさつ》もできなかったが、本来あまり人と関《かか》わりを持たない精霊とはそういうものなのだろうと考えることにする。

「さて、こいつらだけど……」

馬車の荷台に気絶した冒険者たちを乗せている。

彼《かれ》らはよほどダメージが大きかったのか、ルナリアが回復魔法をかけても未《いま》だ気絶したままでいた。

「まあ、寝《ね》かせておくか。街に連れ帰ってギルドで引き渡《わた》せばいいだろ」

街に戻るまでの間、馬車の揺《ゆ》れがあったがそれでも彼らは目覚めることなく、そのままギルドへと到着《とうちゃく》することとなる。

「ふむふむ、山にそんな魔物がいたのか……」

ギルドのホールでは、冒険者ギルドのギルドマスタードラクロが興味深そうに目覚めた冒険者たちの報告を聞いていた。

「竜《りゅう》みたいで、馬みたいで、でかくて、強いのなんのって！」

「しかも、雪山なのにあたりには花が咲き乱れていて、まるで楽園に行ったかのようだったんですよ！」

「まるで夢でも見ていたかのような……」

興奮しながら話す冒険者たち。

それを見ているドラクロは、こいつらは本当に夢でも見ていたんじゃないか？　と思っ

ていた。

「彼らの言葉が本当だということは俺が証明するよ。倒すことはできなかったけど、一応俺たちが撃退《げきたい》した。この鱗がその魔物が逃《に》げていく時に落としていったものだ。証拠として渡しておこう」

ハルがそれを取り出すと、チェイサーが受け取る。

「これは……確かに見たことがありませんね。竜の鱗のようにも見えますが、どの竜とも異なるものです。ハルさんたちが……いえ、みなさんが言っていることは本当の話のようです」

様々な素材についての知識があるからこそ、チェイサーは主任鑑定人《かんていにん》という地位に認定《にんてい》されている。

その彼が知らないとなると、それほど希少で、それほどに強力な魔物がいたということになる。

「チェイサーがそういうくらいならそうなんだろうな。さすがにこの件は上に伝える必要があるな。悪いがお前さんたち、あぁ気絶していたお前たちは帰っていい。それよりもその魔物を撃退した三人は街に残ってくれ。宿代はこちらで出そう」

その話を聞いたハルとルナリアの表情はさえない。

「あー……まあ、わかったけど面倒《めんどう》なことになりそうだな」

「仕方ありません。こうなっては報告しないわけにはいきませんから……」

ハルは明らかに嫌《いや》そうな顔をしており、ルナリアは口では納得しているようだが、困ったように苦笑《くしょう》している。

「えっと、何か大変なの？」

自分と契約をしたグラードのせいで二人に何か迷惑がかかっているのかと、エミリは不安そうな表情になる。

「いや、ちょっと偉《えら》い人に会うかもしれないってだけだよ」

「エミリさんも一緒に行ってもらいますけど、心配しなくて大丈夫《だいじょうぶ》ですよ。何かあれば、私とハルさんが全力で守りますから」

「だな！」

ハルとルナリアはエミリを元気づけようと、笑顔でそんなとんでもないことを言っている。

同席の冒険者たちは冗談《じょうだん》だと思っているが、ドラクロとチェイサーは二人が全《すべ》て本気で言っているとわかっており、冷《ひ》や汗《あせ》をかいていた。

第六話　王とエレーナ

翌朝、宿で朝食をとり、まったりとした午前中を堪能《たんのう》していたハルたち三人のもとへ、王城から数人の騎士《きし》が迎《むか》えにやって来た。

彼らは丁重《ていちょう》な扱《あつか》いでハルたちを案内する。

街から城までの移動として用意された馬車も、王族御用達《ごようたし》の豪華《ごうか》なこしらえのものである。

「すごいすごい！　この馬車全然揺れないよ！」

エミリは窓から外を見ながらこの馬車に感動していた。

馬車の本体には魔道具が使われており、タイヤから伝わる振動《しんどう》を相殺《そうさい》して、乗っていると振動がほとんどないつくりになっている。

「まさか冒険者の迎えにここまでのものを用意してくるとは思わなかったなあ。城から連《れん》絡《らく》が来て、いついつまでに勝手に来いとか言うもんだと思っていた」

ハルはもっと上からの態度をとられるものだと思っていたため、拍子抜《ひょうしぬ》けしていた。

「うーん、人獣王都というくらいですから、人と獣人だけでなく、住民たちが融和《ゆうわ》を図れるようにと考えているのかもしれませんね」

困ったように微笑《ほほえ》むルナリアはいいことのようにとらえてみたが、それでもあまりの好《こう》待遇《たいぐう》に不安を覚えてもいた。

そんな三人は城についてからも丁重に扱われ、貴賓室《きひんしつ》を待機部屋としてあてがわれる。

「……いよいよもっておかしいな」

「はい、まさかここまでいい部屋が用意されるとは思っていませんでした……」

強力な魔物を撃退したことになっているとはいえ、豪華な部屋に案内されたため、さすがに二人とも不信感が募《つの》ってくる。

「美味《おい》しいの！」

一方でエミリは用意されていたお菓子《かし》を食べて喜んでいた。

そんな様子に毒気をぬかれたハルとルナリアも、一緒にお茶とお菓子を楽しむことにする。

待つこと十分程度で三人は謁見《えっけん》の間へと案内されることになる。

その道中でハルは気になることがあった。

ハルたちを案内している騎士はかなり緊張《きんちょう》しており、ハルたちに話しかける時も言葉の端々《はしばし》からそれが伝わってきていた。

「なあ」

ハルが試《ため》しに声をかけてみる。

「ひゃあ！　は、はひ、な、何か御用《ごよう》でしょうか？　謁見の間はもう少しですので、それまでどうかお静かにして頂けると助かりますが……」

話しかけないでほしいと騎士は暗に言っている。

「いや……なんでもない」

この様子では何を聞いても無駄《むだ》だろうと、ハルは言葉を飲み込んだ。

「ねえ、お兄さんはなんでそんなに緊張しているの？」

しかし、エミリがハルの代わりに質問をぶつける。

「えっと、いや、その……」

歯切れの悪い騎士は、チラリとルナリアを見る。そして、すぐに視線を逸《そ》らした。

「？」

当のルナリアは心当たりがないため首を傾《かし》げている。

答えるつもりがないのか、騎士は再び前を向くとやや急ぎ足で謁見の間へと向かっていく。

長い廊下《ろうか》を歩くこと数分で謁見の間へと到着する。

「ハ、ハル様、ルナリア様、エミリ様のご到着です！」

案内の騎士は大きな声でそう言うと横に移動して、ハルたちに謁見の間へと入るよう、ジェスチャーで促《うなが》す。

「まあ、入るしかないか」

「行きましょう」

「ごー、なの」

三人は覚悟《かくご》を決めて開かれた扉《とびら》をくぐって、謁見の間へと足を踏《ふ》み入《い》れる。

赤いカーペットの上を真っすぐ進んでいくと、玉座に一人の人物が座っている。

獅子《しし》の獣人で、立派なたてがみを生やし、気品の高そうな服を身にまとっているその視線は鋭《するど》くハルたちを射貫《いぬ》く。

玉座まで数メートルの場所でハルたちは足を止めた。

「お前たちが例の冒険者か」

王が興味深そうな笑顔でハルたちのことを見ている。

しかし、三人の視線は王には向いておらず、その隣にいる女性に集中していた。

「えっ？　狐《きつね》の獣人？」

ハルが言うようにそこにいたのは、ルナリアと同じ狐の獣人だった。

「え、えっと……」

「ルナリアに似てるの！」

動揺《どうよう》するルナリアの横で、これまたエミリが嬉《うれ》しそうにずばっと思ったことを口にする。

「はっはっは、そこの嬢ちゃんは真っすぐに言うものだ」

「あらあらあなた、笑っては失礼よ？　ルナリアさん、あなたと会うのは初めてですね。でも、妹から話は聞いていました。私はあなたの伯母《おば》のエレーナと言います」

八本の尻尾《しっぽ》を持ち、ルナリアや母ルーナに良く似ているその女性。

それは、彼女《かのじょ》を見初《みそ》めたどこぞの貴族と結婚《けっこん》することになったという、あのエレーナだった。

「えっ？　えっと、でも、伯母様はどこかの貴族に連れて行かれたと……えっ、もしかして王様が、その貴族なのですか？」

ルナリアの質問に王はニヤリと笑う。

「あぁ、そうだ――と言ってみるのも面白《おもしろ》いが、違《ちが》う。その貴族がエレーナを手籠《てご》めにしようとしているという情報を得た俺は、そんなことは許せないとその貴族をとっちめにいったのだ。まだあの頃《ころ》は王ではなく、第三王子という立場だったがな」

「ふふっ、あの時のあなたはとても格好良かったです」

「だろう？　しかし、あの時のという言い方は引っかかるな。今はどうなのだ？」

「もちろん今も素敵《すてき》ですわ」

ハルたちが謁見しているというにもかかわらず、王とエレーナは甘《あま》い空気を出していちゃつき始める。

「ゴホン！　それで俺たちは山の魔物の報告ということで呼ばれたと思うが、報告を始めていいのか？」

呆《あき》れたハルは咳《せき》ばらいして注意を集めてから話を始めようとする。

「いやいや、その報告の方はしなくて大丈夫だ。そもそも、お前さんたちのことは既《すで》にドラクロから聞いていた。そこでルナリアの名前と特徴《とくちょう》を聞いたからなんとか城に来るよう手はずを整えてくれとあいつに頼《たの》んでおいたわけだ」

今度もしてやったりと、王はニヤリと笑う。

「はあ、そういうことか。まあ、ルナリアも気になってた伯母さんに会えて、しかも幸せそうでよかったな」

「はい！　このことをお母さんに教えたいです！　それに、色々お話を聞いてみたいです！」

ハルは伯母が無事であることをルナリアが知れてよかったと考え、ルナリアもエレーナに会えたことを喜んでいるようだった。

「うむ、二人にはゆっくりと話す機会を作ってやろう。……で、だ。俺が気になっているのは姪《めい》ではなくお前さんだ」

そう言って王はハルのことを指さした。

「俺？」

「うむ、ベヒーモスを倒《たお》し、盗賊に襲《おそ》われた村を救い、山にいる謎の魔物を撃退した実力を持つお前さんだ。それだけ聞けば相当な実力の持ち主であることはわかるが、可愛《かわい》い姪を預けるには実際に力を見たいものでな」

そう口にした王は意気《いき》揚々《ようよう》と玉座から立ち上がると力強く左右の拳《こぶし》をぶつけ、ガツンと大きな音をたてる。

「ちょ、ちょっと待ってくれ。力を見たいって、王と俺が戦うってことなのか？」

まさかの展開にハルが慌《あわ》てて尋《たず》ねると、王は本日何度目かの笑いを見せる。

「話が早くて助かる。お前さんの力を見るには実際にやりあうのが一番だろ」

「あらあら、あなたったら自分だけで話を進めてはいけませんよ？」

エレーナの助け船が入ったことでハルは胸をなでおろす。

恐《おそ》らくこの王様を止められるのは彼女ぐらいだろうと思っていたからだ。

「ちゃんとルールを決めておきましょう？　武器はなし、勝負は一合のみ。これをちゃんと説明しないとダメじゃありませんか！」

しかし、予想外な援護《えんご》射撃《しゃげき》の言葉が返ってきたため、ハルは驚いてしまう。

「うむ、そうだった。力ある者同士がここで本気をもって戦っては部屋がとんでもないことになってしまうからな。一発のみ、一撃《いちげき》のみで互いの実力を測る。それでやろう」

王は話しながらも王冠《おうかん》を外し、マントを外して準備運動を始めており、ハルには断るという選択肢《せんたくし》がなくなっていた。

「姪を預けるに足る人物かどうか、その力でルナリアを守れるのかどうか、そのあたりを見せて頂けると嬉しいですわ」

優雅《ゆうが》に立つエレーナはニコニコしながら言う。

生半可な実力では姪を預けられないと、微笑みの中に目の奥《おく》では冷静にハルの実力を見《み》極《きわ》めようとしていた。

「はあ……仕方ない。ちなみにここでやるのか？」

「うむ、この部屋は強固な造りになっておるから心配せずに暴れて大丈夫だ。過去にも何度かここで力試《ちからだめ》しをしたからなあ。はっはっは！」

「そ、そうなのか……」

ハルは呆れながらも王と対峙《たいじ》するような立ち位置へと移動し、軽く準備運動を始める。

身体《からだ》がほぐれたのを感じたハルと王は視線を合わせる。

「開始の合図はエレーナにしてもらおう。その前に俺《おれ》の力を見せておこうか」

そう言うと王は目を瞑《つぶ》り、腹に力を集中させる。

次の瞬間《しゅんかん》、オーラが王の身体を覆《おお》っていた。

「魔力《まりょく》、とは違うみたいだな」

ハルがその力を見て呟《つぶや》く。

「一目でわかるとはなかなかの慧眼《けいがん》だな。これは魔力ではなく『気』と呼ばれるものだ。身体の中を流れる生命エネルギーを力に転換《てんかん》させたものだ。なかなか強いぞ？」

初めて『気』というものを見るハルに対して、どうだ驚いただろう？　とドヤ顔になっている。

「なるほどな。それじゃ、面白いものを見せてもらったお礼に俺も少し珍《めずら》しいものを見せるとするか……【炎鎧《えんがい》】」

ハルは珍しくスキル名を口にしながら技《わざ》を発動すると、炎《ほのお》が身体を覆っていく。

「な、なんだそれは！　あ、熱くないのか⁉」

めらめらと燃える炎を纏《まと》うハルを見た王は先ほどのハル以上に驚き、目を丸くしている。

「まあ、俺は熱くないな。もし熱ければこんな風に使うことはできないだろ？　それで、準備はいいのか？」

ハルは炎で見えないようにして、拳で殴《なぐ》るためにいくつものスキルを発動させていく。

竜鱗《りゅうりん》、鉄壁《てっぺき》、剛腕《ごうわん》、腕力《わんりょく》強化、皮膚《ひふ》硬化《こうか》、筋力強化、敏捷性《びんしょうせい》強化。

更《さら》には魔法を使う準備もしている。

「エレーナ、合図を頼む」

王から言い出したことであり、能力を全て説明する義務はない。

ならば、戦いを始めようと、気合を入れ直した王がエレーナに頼む。

「わかりましたわ。二人とも準備はよろしいでしょうか？」

改めての確認《かくにん》にハルと王が頷《うなず》く。

「それでは……はじめ！」

エレーナは右手をあげて、それを下ろして開始の合図とした。

それと同時に謁見の間に爆発音《ばくはつおん》が鳴り響《ひび》く。

「えっ⁉」

自分が何かをしてしまったのかと、エレーナは驚いている。

しかし、音の正体はハルの爆発魔法《ばくはつまほう》である。

走り始めると同時に背後で爆発を起こして、それを推進力にして一気に距離《きょり》を詰《つ》める。

「なんだと！」

王もハルの戦い方に驚いている。

王になる前は騎士としての訓練も受けており、様々な者たちと戦ってきた。

しかし、ハルのような戦い方は一度としてみたことがなかった。

「だが！」

それでも驚いてばかりいられない。

戦うと決めたからには自身の持つ全身全霊《ぜんしんぜんれい》をもって迎え撃とうと拳を振《ふ》りかぶる。

一撃必殺でくることは最初からわかっていたことだからだ。

「うおおおおおおお！」

ここで自分の実力を認められなければルナリアとともに旅を続けるのは難しいだろうと全力を見せるべくハルも雄《お》たけびをあげて、同じように拳を振りかぶる。

ハルの実力を疑わないルナリアとエミリは落ち着いた様子で見ている。

扇《おうぎ》で口元を隠して見守るエレーナは見たことのない力を使っているハルに驚き、王が危険なのではないかと不安に思っていた。

そして、ドゴンという大きな音とともに、二人が衝突《しょうとつ》。

力と力がぶつかり合ったことによる衝撃波《しょうげきは》がぶわりと一陣《いちじん》の風となって部屋に巻き起こる。

ハルの身体からは炎が消えて、王の身体からはオーラが消えている。

「かはっ」

先に反応を見せたのはハル。苦しげに呼吸を一つ吐《は》いて片膝《かたひざ》をついた。

「ハルさん！」

「ハル！」

まさかハルが、と驚いたルナリアとエミリが悲痛な声音《こわね》で名前を呼ぶ。

「――ぐはっ！」

しかし、次の瞬間、王が拳大ほどの血を吐いて両膝をつく。

「ふう、いや……一撃の威力《いりょく》はかなり強かったな……振動が身体まできたぞ」

ハルは再度大きく息を吐いてから立ち上がると、膝をついたままの王のことを見ている。

「げふっ……お、お前は一体、何者、なんだ……？」

「いや、ドラクロから話を聞いていたんじゃないのか？　俺の名前はハル。冒険者で、彼女たちと旅をしている。それだけだ……ちなみに冒険者ランクはCだ」

「なっ⁉　Cランク？　これだけの力を持っていて……げふげふっ」

ハルの話を聞いて、王は驚いて声をあげるが、ダメージによって咳《せ》き込んでしまう。

「あなた、大丈夫ですか？」

心配そうな表情でエレーナは王にかけよるとそっと背中に手をあてて回復魔法を使う。

八本の尾《お》を持つだけあり、彼女の回復魔法で瞬く間《またたくま》に王の怪我《けが》は治療《ちりょう》されていく。

「いや、その、悪かった……」

夫婦《ふうふ》の絆《きずな》を見て、ハルは思わず謝罪をする。

「いえいえ、この人が言い出したことだからいいのよ。自信満々に力を見せつけて、軽く負けてしまったのもこの人の責任ですから」

「ふう……その通りだ。勝つつもりでやったが、まさかここまで強いとは思わなかったぞ。圧倒的《あっとうてき》すぎるだろ。俺の攻撃《こうげき》も当たったはずなのに、ダメージをほとんど与《あた》えることはできなかった……」

その王の言葉を聞いたハルはどうしたものかと腕《うで》を組む。

自分の能力を教えてもいい相手かどうか。

ハルのギフトはこの世界でただ一人彼だけに与えられたものであるため、説明が難しいと思っていた。

「あぁ、いやいいんだ。冒険者たるもの自分の力をおいそれと話さないのは普通《ふつう》のことだ。たとえ、王が相手だったとしてもな」

回復魔法によって復活した王はしっかりとした足取りで立ち上がると、笑顔《えがお》で右手を差し出す。

「そう言ってくれると助かるよ。あなたもなかなか強かった」

ハルがその手を握《にぎ》り返すと、ニヤリと笑った王は思い切り彼の手を握りしめた。

「いでででで！　痛っ、痛い！」

「はっはっは、すまんすまん。あまりに強かったもんだから、ちょっとやり返したくなってな」

王はいたずらじみた笑顔で言い、再び玉座へと戻《もど》っていく。

「ったく、ガキじゃないんだから……。まあ、なんにしても俺の力はわかってもらえただろ？　少なくとも一撃勝負であればこれくらいにはやれる力を持っている」

それを聞いたエレーナはニコリと笑う。

「はい、存分に見せてもらいましたわ。ハルさんのような方であれば、姪のルナリアを預けるにふさわしいお方だと思います。これまでの功績も、今見せてくれた実力も、エミリさんに対する対応も、信頼に足る方だわ」

伯母に認めてもらえたことが嬉しく、ルナリアは頬《ほお》を赤く染める。

「まあ、それならよかったよ。それで……」

ハルがこれからどうするのか質問しようとしたところで、バタンと大きな音をたてて部屋の扉が開かれる。

「し、失礼します！　ご歓談《かんだん》中申し訳ありません。火急の用事です！」

「よい、話せ」

「はっ！　国の周囲にある村が野盗による襲撃《しゅうげき》を受けております！」

騎士はシンプルに現在起きていることを報告する。

それを聞いたハル、ルナリア、エミリの三人はあの村での出来事を思い出していた。

「至急、救出部隊を組織して救助に向かわせよ！　前回のように遅《おく》れずに急げ！」

「そ、その、まだ続きがあります！」

王が命令を出したが、騎士はその場にとどまっている。その表情は険しいままである。

「よい、話せ」

許可を得てから騎士が口を開いた。

「襲われているのは一つの村ではありません。近隣《きんりん》にある七つの村全てが一斉《いっせい》に襲われているのです！」

「な、なんだと！」

その報告はこの場にいる全員を驚《おどろ》かせるものだった。

前回のようにどこか一つの村が襲われると思っていた。

しかし、今回は同時多発的に起きていると の報告である。

そして、この報告のとおりであれば前回のように一部隊を組織したのでは対応が間に合わない。

「……わかった、第一隊から第七隊まで全出撃《しゅつげき》だ。各隊が村一つを担当するように！　隊長たちに伝え、すぐに出撃させろ！」

「はっ、承知《しょうち》しました！」

騎士は王の命を受けて、部屋を飛び出していった。

「俺たちもどこかの村に向かったほうがいいか？」

ハルがそう質問する。村を襲っているのが同じような野盗であれば、自分の経験を活《い》かせると考えていた。

「いや、ありがたい申し出だが今回は騎士団《きしだん》に任せてくれ。三人が先行できるのであれば頼んだかもしれないが、今からでは騎士団が動いたほうがいい。それに、国を守る仕事であるから騎士団にも仕事をさせてほしい」

柔《やわ》らかい言い方をしているが、前回の件では騎士団は活躍《かつやく》することができなかった。

だから、今回はメンツを保ちたいとの考えである。

「ルナリア、こちらで少し話をしましょう。ハルさんとエミリさんも、どうぞ」

「あぁ、ゆっくりして行ってくれ」

王は次の報告があるかもしれないため、ここで待機している。

ハルたちは部屋を移動してゆっくりと談笑《だんしょう》することになる。

第七話　王都襲撃

エレーナの自室で、ルナリアの両親のことや叔母《おば》のことを話して楽しんでいたハルたち。

そして、話がいち段落したところでハルたちは街へ戻ることにした。

「もう少しゆっくり話せるとよかったのだけれど……」

「あぁ、それもいいんだけどな。いつまでもここにいるわけにもいかないし、村がどうなったのかも気になる」

「ですです、あのような大惨事《だいさんじ》はもう見たくありません……」

王や騎士団のメンツを重んじて、ハルたちは手助けしないことを選んだが、それでもやはり気になっていた。

「もう、あんなのは嫌なの……」

エミリも自分の身に降りかかったことを思い出して暗い顔になっていた。

「……大丈夫ですわ！　うちの騎士団はすごく強いんですよ！　だから、きっとすべての村を守ってくれるはずよ！」

エレーナは気遣《きづか》ってそう言ってくれる。

「うん、そう、だよね」

その言葉にエミリも幾分《いくぶん》か笑顔を取り戻すことができた。

帰りに挨拶をしようと、再度謁見の間に移動すると、騎士の一人が新しい報告をするところだった。

「先に報告を聞こう」

エレーナたちの姿を見た騎士はどうしたものかと確認しており、王はそれに気づいて報告するよう促す。

「しょ、承知しました！　襲撃している野盗と魔物《まもの》ですが、街にも姿を現しました！　現在城に残っている騎士で対応に向かいましたが、人数が少なく……」

――対応しきれない。そこまで言うのははばかられるのか騎士は黙《だま》ってしまう。

だから、王には次の判断をしてほしいと騎士は視線で訴《うった》えかけていた。

「仕方ない、近衛部隊を出させよう。行け！」

「はっ！」

騎士はその指示を受けて近衛部隊の待機室へと向かっていく。

「すまんな、街にまで野党と魔物がいるらしい」

「俺たちも行く！　ルナリア、エミリ！」

「はい！」

街にはハルたちが世話になった人物が多くいる。

その人たちを救わなければならないとハルたちは判断していた。

「……」

「エミリ、どうした？」

しかし、エミリは俯《うつむ》いて立《た》ち尽《つ》くして動かずにいる。

「嫌な感じがするの……」

ただの感覚、と馬鹿《ばか》にしたものではなく、彼女はグラードと契約《けいやく》したことで魔力のよどみなどを感じやすくなっていた。

「村のことや街のこと以外にも何か起きている、ということか？」

「多分……」

ハルの問いかけに対して、エミリは確証が持てずにそう呟いた。

そのタイミングで、ドサリという音がした。

謁見の間の入り口から聞こえた音に、部屋にいた全員の視線がそちらに向いた。

音の原因は部屋の外で入室者を確認したはずの騎士二人が倒れた音だった。

「貴様ら、何者だ！」

王は怒《いか》りを込めて騎士を気絶させた者たちへ威圧《いあつ》と共に質問する。

「この国の守りというのは、ずいぶんとずさんだな。国を守る、王を守るという者たちがこの程度の能力だと住民も不安で仕方ないだろうに」

現れた男は呆れた様子でつまらなそうにそう呟くと、倒れた騎士の身体を踏みつける。

「魔族《まぞく》……」

ハルが呟くと、青い皮膚《ひふ》の男の眉《まゆ》がピクリと動く。

「そう断言する様子を見る限り、以前魔族と会ったことがあるようだな……」

青魔族はハルに興味を持ったようで騎士から足を外すと、ゆっくりとハルのほうへ向かってきた。

「何者だと、聞いているううううううううう！」

王は怒りと共に声をあげ、青魔族へと殴りかかる。

身体は既にオーラに包まれており、全力の一撃が繰《く》り出《だ》されようとしていた。

青魔族へと拳が迫《せま》るなか、彼の陰《かげ》から新しい魔族が姿を現して、王の拳を受け止めようとしていた。

それも二体の魔族が。

皮膚の色は赤と黄。

黄魔族は杖《つえ》で、赤魔族は拳で王の拳を受け止めた。

「一度下がれ！」

再度殴りかかろうとする王をハルが止める。

明らかに冷静さを欠いており、三対一では明らかに分が悪すぎる。

状況《じょうきょう》を離《はな》れて見て、そして魔族の力を知っているハルだからこその判断だった。

「すまん、少しばかり頭に血がのぼっていたようだ……で、どうする？」

ぐっとこらえるように離れた王も歴戦の勇士であり、気持ちの切《き》り替《か》えは早かった。

「王とエレーナさんは黄色を頼む。エミリとルナリアは赤を頼む」

「わかった」

ハルの力が王より上だと理解しているため、王はハルの指示に従うことにする。

他の三人も無言で頷き、既に戦闘《せんとう》態勢に入っている。

ハルの声が聞こえており、その意味を理解した赤と黄の魔族は左右に移動する。

「相手もこっちの考えに乗ってくれるらしいな。好都合だ」

「一度攻撃を止めたくらいで舐《な》めてもらっては困るな。エレーナ、行くぞ！」

ハルの指示通り、王とエレーナが黄魔族退治に向かう。

【王・エレーナ　VS　黄魔族】

「あなた、先ほどのようにがむしゃらに突っ込んでいくのだけはやめて下さいね」

「ぐむ、わ、わかった。慎重《しんちょう》に、相手の動きを見極めていくことにしよう」

妖艶《ようえん》に微笑《ほほえ》むエレーナが釘《くぎ》をさすと、気まずさから複雑な表情をした王は気持ちを切り替えたあとぐっと拳を構えて、相手の動きをゆっくりと観察していく。

「魔族というだけあってそこらの魔物よりも魔力が高いようだな……」

冷静になった今の王は相手の力量を落ち着いてみることができている。

「あの敵は魔《ま》法《ほう》を使ってくるようですわ。ですが、我々の敵ではありません。一番力を持っているのはハルさんが相手をしているあの青い魔族でしょう。さっさと倒して加勢をいたしましょう！」

彼女は魔族たちが現れた瞬間からその能力と強さを少しでもわかるようにと探《さぐ》っていた。

その結果として彼女の言葉にあるように、青い魔族の魔力は高かった。

「承知した」

王は完全に冷静さを取《と》り戻している。

「行って下さい！」

エレーナが気合をいれるように背中をポンっと押《お》す。

「おうとも！」

愛する妻からの声援《せいえん》を受けた王は力強く走り出して黄魔族へと向かっていく。

これまでのように猪突猛進《ちょとつもうしん》といった様子ではなく、いつでも相手の動きに対応できるように素早《すばや》く、かつ慎重に移動する。

黄魔族は声もなく杖をかかげ、魔法を発動する。

火の玉が彼《かれ》の前に四つ現れ、それらが王へとまっすぐに飛んでいく。

「せい！　やあ！」

王はそのうちの二つを拳で撃《う》ち落《お》とす。

次の二つは数秒遅れでやってきており、王にはそれを撃ち落とす余裕《よゆう》はない。

しかし、その目に迷いはなく、少しも足を止めずに走《はし》り抜《ぬ》けていく。

「〝アイスウォール〟、発動！」

杖を構えたエレーナが魔法名を口にすると、王の前に氷の壁《かべ》が出現して火の玉を防ぐ。

「!?」

声には出さなかったが黄魔族は目の前の光景に驚きを見せる。

エレーナの魔法と黄魔族の魔法が衝突する。
反属性であり、同等の威力であったため、水蒸気が発生して王の姿を隠《かく》す。
「……」
黄魔族は一瞬《いっしゅん》驚《おどろ》いたものの、すぐに火の玉を生み出して王がいた場所へと打ち出す。
それも今度は時間差をつけて十を超《こ》える数を。
水蒸気の中へと打ち込まれた火の玉が爆発を起こす。
その爆風《ばくふう》で水蒸気が全《すべ》て吹《ふ》き飛《と》んだが、そこに王の姿はなかった。
「遅《おそ》い！」
王は水蒸気に紛《まぎ》れて横に移動し、そこから一気に地面を蹴《け》って黄魔族の後ろに回ってい
る。
「!?」
王の声に慌てて振り返《かえ》った黄魔族はすぐに魔法を発動しようとする。
しかし、王の遅いという言葉のとおり既にオーラを纏った拳は撃ちだされて、それが黄
魔族の腹に命中する。
身体全体に纏っていたオーラだが、攻撃の際には拳に全てが集中されていた。
これはハルとの戦いで得た戦い方である。

ハルの攻撃を受けた際に、彼が身体の炎を拳に集中させていたのだけは理解できていた。

それをオーラに適用することで強力な一撃を繰り出していた。

「……!!……!?」

声が出ないため表情が目まぐるしく変わる。

腹部にはぽっかりと穴が空いて、力を発動することができず、王の攻撃に吹き飛ばされている。

「終わりです。〝サンダーボルト〟」

ふわりと笑みを浮《う》かべたエレーナは吹き飛ばされてきた黄魔族に激しい雷魔法《かみなりまほう》を放ち、止《とど》めを刺《さ》す。

【エミリ・ルナリア　VS　赤魔族】

「すごいの……」

横目で王たちの戦いを見ていたエミリは呟く。

王とエレーナは互《たが》いを信頼《しんらい》しており、見事なコンビネーションであっという間に魔族を倒していた。

その様子にエミリは驚いていた。

赤魔族は近接戦闘タイプであり、エミリは優位性をとれずにいた。

「エミリ、眼《め》を使うんだ」

ハルが目元をトントンと指さしてそう助言をすると、エミリは頷く。

彼女の眼は魔眼《まがん》であり、『先読みの魔眼』という名前である。

「魔眼、発動」

そう口にすることで、眼に魔力を流して先読み、つまり数秒後の未来を読んでいく。

彼女は少し先の未来を見ながら拳を構えて飛び出していった。

赤魔族の攻撃を回避《かいひ》して、自らの拳を当てる。

身体の小さいエミリだったが、魔力を込めた一撃は強力であり、更に武神ガインの加護によってその能力は引き上げられていた。

決定打にはなっていないが、ダメージが蓄積《ちくせき》されていき、赤魔族の動きは徐々《じょじょ》に鈍《にぶ》っていく。

思い切り踏み込むことができれば大ダメージを与えることができるが、そこまでの隙《すき》を見つけることができずにいる。

ここまでエミリは一人で戦っていた。

ルナリアと共に戦っているはずだったが、彼女は魔法を一つも発動していない。

「〝アイスアロー〟！」

それは全てこの時のためである。

エミリが攻撃を命中させて、ダメージを与えることで彼女に注意が集中する。

ルナリアが援護《えんご》を一度もしないことで、赤魔族の意識から消えることを狙《ねら》っていた。

彼女が作り出した氷の矢は赤魔族の背中に、足に、右手に突《つ》き刺さって身体を凍《こお》りつかせていく。

「⁉」

こちらの魔族も声を出すことができないため、驚きは表情で表していた。

「せいやあああああああああ！」

気合のこもったエミリの一撃。

先読みの魔眼によって見えている光景は、このあと赤魔族が左の拳を振り下《お》ろす姿。

今までの攻撃は全て浅い踏み込みで当ててきた。

ゆえに、ここで深く踏み込んだ攻撃は相手の予想していた位置からずれているため、赤魔族の攻撃は空ぶってしまう。

全身全霊の一撃が赤魔族の腹に撃ち込まれる。

（こいつは絶対に倒さないとなの！）

彼女はハルが青魔族と集中して戦えるように、絶対にここで倒すと決めていた。

持てる魔力のほとんどを込めた一撃は赤魔族を空中に吹き飛ばし、そのまま地面に叩きつけられる。

「……」

ピクピクと何度か痙攣《けいれん》したのち、動きを止める。


「ふむ、なかなかやるではないか」

青魔族は仲間が敗れたことには何も思うところはなく、冷めた目で見ていた。

「それは強がりなのか、それとも部下がやられたことに興味がないだけなのか、どっちなんだ？」

ハルと青魔族の戦闘はまだ始まっていなかった。

青魔族が壁に寄りかかって、あいつらの戦いを少し見ようじゃないかと提案してきたため、ハルもその案を受けて少し離れた場所で観戦していた。

自分の戦いの最中に仲間の悲鳴が聞こえようものならきっと集中できないと考えたための判断である。

「部下？　ふむ、何か勘違《かんちが》いをしているようだな。あいつらは部下などではない」

「部下じゃなければなんなんだ？　仲間？　手下？　駒《こま》？　下《した》っ端《ぱ》？」

ハルが冗談《じょうだん》交じりにそんなことを言うが青魔族は首を横に振る。

「あやつらは……我だ」

そう口にした瞬間、赤・黄の両魔族の身体が一瞬《いっしゅん》で形をなくすようにどろりと溶《と》けて黒い水のようなものになると、ものすごい勢いで床《ゆか》を移動しながら青魔族の身体に吸収されていく。

「うむ、多少のダメージを受けはしたが、やはり分身体は所詮《しょせん》作り物だな」

青魔族は自分の力を分散させて分身体のテストをしていたが、自らのうちに力を取り戻して本来の姿になる。

全ての力の吸収を終えると、頭に生えていた角がさらに大きくなり、身体の筋肉も膨《ふく》らみ、身体を黒い魔力が包んでいく。

「ふむ、やはりこの姿が一番しっくりとくるな」

「……お前、何者だ？」

先ほどまでと比べて、過去に戦った魔族や魔物と比べて、圧倒的なまでの威圧感にハルが思わず問いかける。

「そういえば名乗っていなかったな。これから死にゆく者に名乗るというのも馬鹿らしいが、そこは人の流儀《りゅうぎ》にのっとってみようか。私の名前はゲイル。この大陸の魔王《まおう》ゲイルだ」

その名乗りあげに全員が驚いていた。

「ま、魔王だと！」

「まさか、そんな者が……」

まずは王とエレーナが。

「強い、です」

「はあ、はあ、さっきのやつよりやばいの……」

魔王であることよりも、その力の強大さにルナリアとエミリは厳しい表情になっていた。

「魔王……神様が言っていた世界の危機ってやつか。まさかこんな場所でやりあうことになるとは思っていなかった」

朝起きた時はまさかこんなことになるとは思ってもいなかったハルは、そんな風に言う。

「魔王だろうとなんだろうと、この国にいるのならば我《わ》が物顔《ものがお》でふるまわせるわけにはいかんわああ！」

先手必勝だと言わんばかりに王が地面を蹴って、ゲイルを殴ろうと走り出す。

それがわかっているのか、魔王がそちらへ静かに剣《けん》を向ける。

「なにっ！」

ただ剣を向けられただけだったが、王は嫌《いや》な予感を全身で覚えることになる。

しかし、勢いをつけた動きを止めるのは難しい。

「――〝止まれ〟」

エレーナが杖を片手に冷静にそう告げると、王の動きは止まって後方に引っ張られる。

「助かった」

そう口にする王は冷《ひ》や汗《あせ》でびっしょりになっており、魔王の強さを感じ取っていた。

「あれは……空間魔法。すごい……」

ルナリアはエレーナの力を見て驚く。

この世界に空間魔法を使える者は数人しかおらず、彼女《かのじょ》はそれを使って王の後方の空間を短縮させて自分のいる場所へと引き寄せていた。

「ふふっ、そう言ってくれると嬉《うれ》しいわ。ぐっ……」

ルナリアの言葉に笑顔を見せたエレーナだったが、胸元《むなもと》を押さえて膝をついてしまう。

「大丈夫《だいじょうぶ》か！　すまんな、俺が考えなしに動いたばかりに……」

「いいんです、妻として当然のことをしたまでですし、あなたの怒りもわかりますから」

苦しげに顔をゆがめつつも、ウインクをしてお茶目《ちゃめ》に返事をするエレーナ。

彼女は尾の数が多く魔力量もかなり多い。

そして、ギフト欄《らん》には空間魔法が記されている。

だが、この魔法は使用者への負担が大きく、ここ数年使うこともなかった。

王自身もハルから受けた攻撃のダメージが完全に回復したわけではないことに加えて、オーラの使用で疲労感《ひろう》が強く、顔色も優《すぐ》れない。

「こうなったら俺が頑張《がんば》らないとだな」

ハルはエアブリンガーを握りしめてゲイルへと向かっていく。

身体強化系のスキルをフルに使い、地面を蹴る。

「ふむ、剣の勝負か。面白《おもしろ》い、付きあってやろう」

ゲイルは刀身から柄《つか》まで真っ黒な剣を手にしている。

これは魔王のみが扱《あつか》うことのできる魔剣《まけん》であり、決して折ることのできない最強の黒剣だと言われている。

「うおおおお！」

気合のこもった上段からの攻撃。

「せい！」

ゲイルの左の肩口《かたぐち》を狙った一撃《いちげき》。

「やあ！」

ゲイルの左わき腹を狙った剣戟《けんげき》。

ハルは次々に斬《き》りかかっていく。

その剣の速さは身体強化のたまものでまさに神速と呼ぶべき速さであり、みんなの目では追いきれないほど連続で繰り出されている。

「ふむふむ、なかなか強いではないか。これだけの力を持っていれば、並の魔族であれば早々に倒《たお》されていたであろうな……しかし、残念ながら私は魔王なのだ」

ゲイルは魔剣を握る手に力をこめる。

「はあっ！」

カキーンという大きな金属音とともにエアブリンガーは弾《はじ》き飛ばされてしまう。

「少しは楽しめたが、これで詰みだな」

「判断、はえええよ！」

武器がなくなったくらいで彼の心は折れたりしない。

勢いをつけるようにしてハルは炎《ほのお》のブレスを吐く。

「なっ！」

もちろんゲイルにダメージを与えることはなかった。

しかし、まさか人間のハルがこんな攻撃をしてくるとは思ってもおらず、意表を衝《つ》かれてしまう。

「もいっちょ！」

ハルとゲイルの間で爆発魔法を使用する。

甲羅《こうら》の盾《たて》で爆風を受けたハルは、ゲイルから距離をとることに成功する。

「なかなかに芸達者なようだな」

「あんな魔法でダメージがあるとは思ってなかったけど、少しくらい表情変えてもいいだろうに」

ハルはそう言いながらオークションで手に入れた炎の魔剣を取り出す。

「ん、こっちのほうが手に馴染《なじ》むな」

炎鎧《えんがい》を使うことの多いハルは炎の属性装備との相性《あいしょう》がよかった。

剣に魔力《まりょく》を込めるのもエアブリンガーに比べてすんなりと行えている。

「よし、それじゃあ仕切り直していくぞ！」

ハルは炎鎧の力、火魔法、爆発魔法を剣に込めて再度魔王へと向かっていく。

「はあ、武器が代わった程度でなんの違《ちが》いがあるものか……」

諦《あきら》めないハルに対して、つまらなそうな表情でゲイルはため息をつく。

「せやあああ！」

先ほどと同じ上段からの攻撃。

「はあ……」

同じ攻撃を繰り返すハルに対して、ゲイルはがっかりしている。

少しは楽しめるかと思った戦いにおいて、ワンパターンな攻撃を繰り返すハルに失望していた。

しかし、ここからが先ほどまでと違う。

「発動！」

ハルは剣に流し込んだ爆発魔法《ばくはつまほう》を発動させて、それを推進力にして剣の速度をあげていた。

「っ――なにっ！」

なんとか魔剣で受け止めるが、表情を変えさせることに成功する。

「せい！　やあ！　うらあ！」

一撃目は再度爆発魔法を使用して、次の攻撃は魔法を使わずに、三撃目は再度魔法を使って。

これらを混ぜて、攻撃速度に変化をつけることでゲイルを惑《まど》わせていく。

「〝アイスアロー〟！」

ハルの攻撃がゲイルを押していると判断したところで、ルナリアが魔法で援護をしていく。

この場でまともに戦えるはハルとルナリアだけであり、今回も序盤《じょばん》は攻撃に参加しないことで隙をつこうとしていた。

アイスアローの威力《いりょく》自体はそこまで高くないが、速度があり数も多く出せるため、この魔法を選択《せんたく》する。

凍《こお》りつかせることで動きを阻害《そがい》する狙いだった。

「ふん、邪魔《じゃま》をするでない」

右手に持つ剣でハルと切り結び、空いている左手でルナリアの魔法を撃ち落とす。

視線はハルに向いたままだというのに、的確に防いでいた。

「そんな！」

ルナリアは驚愕《きょうがく》する。

アレをあっさり防がれてしまっては次にどの攻撃をすればいいのかわからなくなる。

威力の高い魔法で広範囲《こうはんい》攻撃《こうげき》をすれば命中するだろうが、それではハルのことも巻き込んでしまう。

しかも、それでダメージを与えることができなければ、完全に戦闘の邪魔になってしまう。

「グラード！　出てきて！」

その隣《となり》でエミリが仙龍の精霊《せいれい》グラードを呼び出す。

『はいはーい、精霊グラード。呼びかけに応《こた》えて参上しましたよっと』

「グラード、お願い！　ハルに力を貸してあげて！」

軽い様子で登場したグラードだったが、エミリが懇願《こんがん》する姿を見て周囲を見回す。

『なるほど……エミリ。君のお願い了解したよ。少し強引《ごういん》になるけど、ハルだったらきっと大丈夫！』

そう言うと、グラードはハルのもとへと飛んでいく。

『ハル、僕《ぼく》の力を受け入れるんだ！』

「わかった！」

急に現れたグラードだったが、ハルはなに一つ疑うことなく即答《そくとう》して、ゲイルから距離《きょり》をとる。

『ちょっときついかもしれないけど、頑張ってね！』

グラードはハルの身体《からだ》に入り込んで同化しようとする。

通常であれば契約外《けいやくがい》の精霊の力を受け入れることなど不可能である。

しかし、ハルは虹鳥《にじどり》の精霊の力を取り入れているため、精霊との親和性が高い。

「ぐ、ぐおおおおおお！」

それでも身体への負担は大きく、ハルは苦しそうな顔になっていた。

『もう、少し！』

時間にしてみれば数秒だったが、ハルとグラードは同化に成功した。

「はあ、はあ、はあ……」

（ハル、君の場合スキル自己再生のおかげで持つと思うけど、それでも負担は大きいからね！）

グラードの言葉に頷《うなず》くとハルは剣を握《にぎ》りしめて、再度ゲイルへと向かっていく。

「まさか精霊まで登場するとは、これは面白い！」

「余裕そうだな」

その表情を崩《くず》してやろうと、ハルが攻撃《こうげき》にうつる。

速度も威力も先ほどまでとは段違《だんちが》いで、ゲイルが押し込まれる。

「ぬっ！」

「そらそらそら！」

グラードとの同化により、ハルの剣戟の速度は上がっていく。

ゲイルはなんとか対応しているものの、分が悪いことを感じていた。

「くそっ」

悪態をついたゲイルは魔剣を両手で持ってハルの攻撃を受けることにする。

押し込まれることへの対処はこれでなんとかなったが、速度に関しては先ほどまでより落ちておりゲイルに小さな傷を与《あた》えていく。

「くっ、いい気になるなよ！」

ハル同様、ゲイルも自己再生の能力を持っており、小さな傷はすぐに回復していってしまう。

「お前も、はあはあ、傷が、治るのか……」

その様子を見てハルは焦燥《しょうそう》感にかられる。

確かに、現状ハルが押している。

しかし、それはグラードの力を借りて、身体がなんとかもっている間だけの短い時間のことである。

呼吸が乱れていることからも、これが長く続かないものであることは誰《だれ》の目にも明らかだった。

ゲイルは極力ダメージを受けないようにハルの攻撃をさばいているだけで勝つことができる。

ハルが持ちうる全てのスキル、新しく手に入れた炎の魔剣、精霊グラードによる強化。

これらをもってしても決め手に欠ける。

(何か、何かないか?)

どこかに次の一手がないか、ハルはそれを必死で探す。

「ハルさん、全力で攻撃を続けて下さい!」

それはルナリアの声であり、ハルはその声に押されて攻撃を続けていく。

「うおおおおお!」

これまでずっと一緒《いっしょ》にいたルナリアの言葉を信じ、再び連続で斬りつけていくハル。

その後方にルナリアが移動している。

彼女が手にしているのはルナティックケーンではなく、ハルの弾き飛ばされたエアブリンガー。

風の魔剣に風の魔力を込めていく。

「ハルさんに、力を!」

剣を通して風が巻き起こり、ハルの炎の力を更《さら》に燃え上がらせる。

「こ、これは！」

これまでずっとハルが使い続けていたエアブリンガーを使うことで、ハルへ風の魔力を流し込みやすくしている。

ハル自身の火の魔力と火の魔剣、ルナリアの風の魔力と風の魔剣、そして精霊であるグラードの力。

これらが、一つの奇跡《きせき》を生み出した。

【ユニゾンスキル：炎の化身《けしん》を習得しました。発動します】

「うおおおおおおおおおおお！」

ハルの身体をこれまでにない大量の炎が包み込んでいく。

「いっけえええええええええ！」

ルナリアも全力でハルに風の魔力を送り込んで力をブーストさせていく。

ただでさえ負担の大きい現在のハルに、このスキルの使用は更なる負担を強《し》いている。

もうこれ以上長引かせることはできない。

「全スキル、発動！」

ハルが持てる全てのスキルが剣に集約されていく。

「ヘル、ファイア、カリバアァー！」

そして、ダメ押しとばかりにハルは剣の銘《めい》を口にする。

その呼びかけに剣も応《こた》え、赤く炎の渦《うず》を巻きあげながら強く強く光《ひか》り輝《かがや》く。

「ぐっ、くそくそくそ、うおおおおおお！」

ゲイルも魔剣に全ての力を込めていき、ハルの攻撃を防ごうとする。

だが、彼も頭の片隅《かたすみ》ではわかっていた。

ハルの力は圧倒的《あっとうてき》であり、おし負けてしまうかもしれない可能性を。

「やああああああ！」

「うおおおおおお！」

ハルとゲイルが全力でぶつかり合う。

互いの声が謁見《えっけん》の間に響《ひび》き渡《わた》る。

次の瞬間《しゅんかん》、パキーンという乾《かわ》いた金属音が終わりの合図となった。

「はあ、はあ、はあ……」

「ぐ、ぐはは、ここ、までとは、な……」

先ほどの音はゲイルの魔剣が折れた音。

ハルの剣が押し勝ち、ゲイルを肩《かた》のあたりから一刀両断にしていた。

「見事、だ。この国が、邪魔だったから、潰《つぶ》しにきたが……時期が、悪かったな……」

「はあ、はあ、あまり人を舐めるな、はあ、はあ……」

「ははっ、良く言う……だが、魔王は、まだ、ほかに、も……」

薄《うす》く笑ったゲイルがそこまで言うと彼の身体は崩れ去《さ》り、黒い塵《ちり》となって消えていく。

ハルの魔剣も同じようにボロボロと崩れていく。

さすがに今回のような強力な力に耐《た》えうるほどの力はなかった。

いろんな縁《えん》があってハルの手元に来たあの剣があったからこそゲイルに勝つことができた。

「ありがとう……」

だからハルはいろんな思いを胸に礼の言葉を口にしたが、そのまま目を閉じ、力なく倒れてしまう。

「……っ！　ハルさん！　ハルさん！」

部屋にルナリアの悲痛な叫《さけ》びが響いた。

(遠くから、ルナリアの、声が、聞こえる……)

エピローグ

神の空間

「もう、バカバカバカ――――！」

ハルのことを叱《しか》るような声、それは女神《めがみ》ディオナのものだった。

「あ、あれ？　ここは……」

ディオナの大声で目を覚ましたハルは、身体を起こし周囲を見まわして、ここが神たちの空間であることを理解する。

「あなた、馬鹿《ばか》なの？　いくら魔王が相手とはいえ無茶苦茶《むちゃくちゃ》しすぎでしょ！」

うっすらと涙《なみだ》交じりに怒《おこ》るディオナは、起き上がったハルの背中を遠慮《えんりょ》なくバシバシと叩《たた》きながら彼のことを叱りつける。

「いたたっ、いや、ごめんって」

「もう、姉さんったら。頑張ったハルさんを労《ねぎら》うんじゃありませんでしたっけ？」

困ったように微笑《ほほえ》むセアに言われ、ディオナは不満げながら叩く手を止めた。

「うう……そうなんだけど、でも、あんなギリギリの戦いをするなんて……ハラハラしたし、心配したんだからね！」

「悪かった。でも、みんながくれた力のおかげでなんとかなったよ……ほんと、ありがとう」

「うむうむ、この場合は怒るよりも褒《ほ》めるほうがいいじゃろう」

女神二人の後ろにいた神バウルスが笑顔《えがお》でハルのことを見ていた。

「そうですねえ、姉さんはちょっと責めすぎです。――ハルさん、お疲《つか》れ様《さま》です。あなたが頑張ってくれたおかげで多くの人の命が救われました」

セアは屈《かが》んでハルの隣に移動すると、聖母のような笑みを浮かべながら彼の頭を優《やさ》しく撫《な》でていく。

「すごくよく頑張りました。偉《えら》いです。すごかったですよ」

ただひたすらに甘《あま》やかすように優しく撫でてくるセアはじっとハルのことを見つめている。

「あ、ありがとう」

撫でられているハルはというと、照れて頬《ほお》を赤く染めていた。

「わ、私だってハルはよくやったと思ってるわよ！　ほ、ほら、いい子いい子」

彼女にばかりハルをとられるのは悔《くや》しいのか、ずいっと割り込んできたディオナはセアとは反対側からハルを抱《だ》き寄《よ》せると、顔を胸に引き寄せて頭を撫でていく。

「あ、姉さんずるいです！」

セアも反対側から抱き着《つ》いてハルの頭を撫でていく。

母のような存在であるため、その抱擁《ほうよう》はどこか落ち着くものであった。

「ゴホン、可愛《かわい》がるのはわかるが少しスキンシップが過剰《かじょう》ではないかのう。ハルも精神体とはいえ疲れておる。休ませてやったほうがいい」

女神二人の父のような存在であるバウルスは、抱き着いて接触《せっしょく》している二人の様子を見て注意をする。

「ええ？　いいじゃないですか、こうやって抱きしめることでハルさんも癒《いや》されているはずですよ」

「そ、そうよ！　ねっ、ハルだって嬉しいでしょ？　あら、どうかした？」

ディオナもセアの言葉にのってバウルスを納得《なっとく》させようとするが、バウルスの顔色が変わっていることに気づく。

「お、おい！　ハルの顔色が！」

左右の胸に埋《う》もれたハルの顔は赤から青に、青から白に変わろうとしていた。

「きゃ、きゃあああ！」

「ハ、ハルさん！　大丈夫《だいじょうぶ》ですか！」

ディオナは慌《あわ》ててハルの顔を叩き、セアはありったけの回復魔法《まほう》をかけていく。

「お、おいおい、それはちょっとやりすぎではないかのう」

ハルの顔が真っ赤に腫《は》れあがる。

それがすぐ回復される。

その繰《く》り返《かえ》しによって、ハルが泡《あわ》を吹いて気絶してしまった。

「ハル、ハルううううう！」

「ハルさあああああん！」

「やれやれ、全く困った子たちじゃな」

自分たちで起こしたにも拘《かか》わらずハルの名前を読んで嘆《なげ》く女神二人を見て、バウルスは首を横に振《ふ》って改めて回復魔法をかける。

「よいしょ、これで、大丈夫じゃな」

ちなみにこのことがハルの目覚めを遅《おく》らせることになってしまうが、そのおかげで現実のハルの身体がゆっくりと休まったことも事実だった。

現実世界

「う、ううん」

あちらの世界でゆっくりと休むことができたハルが、現実の世界でついに目覚めた。

「ハ、ハル、ハルが起きた！　ルナリア！」

ベッドサイドでハルの看病をしていたエミリがばっと起き上がると、大きな声でルナリアを呼ぶ。

「エミリさん！　本当ですか！　ハ、ハルさああああん！」

新しい水を汲《く》みにいっていたルナリアはエミリの声を聞いて、慌ててハルが寝《ね》ている部屋へと飛び込んでくる。

そこにはエミリに抱き着かれているハルの姿があった。

「よう、ルナリア」

「ハルさああああん！」

いつもの様子で軽く挨拶《あいさつ》をするハルに、水の入った瓶《びん》をベッドわきの机に置くとルナリアも抱き着いた。

「ハルさん、ハルさあああん！　も、もう目覚めないかと思っていました！」

彼《かれ》の無事な様子にルナリアはホッとして、目尻《めじり》には涙が浮かんでいる。

「よかった、よがっだよおお！　ハルが起きたよおおお！」

エミリは泣《な》き叫びながらハルの目覚めを喜んでいた。

「ははっ、二人ともすごいなあ。いや、心配かけて悪かったよ。それで……俺《おれ》が倒れてからどれくらい経《た》つんだ？」

自分に抱き着いている二人からその情報を聞き出すのは難しいだろうと、部屋の入り口にやってきていたエレーナへと質問する。

「はい、ハルさんはあれから一週間ほど眠《ねむ》られていましたわ。本当に、ありがとうございました。あなたのおかげで国は救われました」

優雅《ゆうが》にほほ笑《え》むエレーナは質問に答えると、王妃《おうひ》の雰囲気《ふんいき》を纏《まと》い、ゆっくりと頭を下げて礼を言う。

「あぁ、いや、まあ気にしなくていいさ。あの場所にいたら誰だって戦っただろうからな。それよりあれからどうなったのか聞かせてもらってもいいか？」

「もちろんですわ」

エレーナは部屋に備え付けられていた椅子《いす》を移動させて、ハルと向かい合うと、魔王との戦いのあとの経緯《いきさつ》を語っていく。

・魔王はあのあと完全に消滅《しょうめつ》した。
・それと同時に街を襲《おそ》っていた魔物《まもの》たちも姿を消した。
・騎士団《きしだん》が向かった村々も被害《ひがい》はあったが、野盗は撃退《げきたい》した。
・エミリ、ルナリア、エレーナ、王は大きな被害もなく、無事だった。
・村の復興のために騎士団と冒険者《ぼうけんしゃ》が動いている。
・今回の一件のことを王も感謝しており、あとで話がある。
・騎士団からはハルは英雄《えいゆう》として憧《あこが》れられている。

「いやいや、最後の一つはおかしいだろ。なんで俺が英雄なんだ？」

「ふふっ、魔王が謁見の間にやって来た時に倒れていた騎士がいたのを覚えていますか？　彼らは戦いの最中に目覚めて見ていたそうなんですよ。それで、戦いぶりをみんなに触《ふ》れ回《まわ》ったら、あっという間に英雄だということになったそうです」

　ハルの疑問にエレーナが答えるが、ハルは弱ったなと顔をしかめている。

「ハルさんはすごいです！　英雄と言われて当然ですよ！」

「そうそう、ハルはすごいの！」

ハルから未《ま》だ離《はな》れずくっついているルナリアとエミリも彼のことを持ち上げていく。

「はあ……まあ仕方ないか」

そう言ってからハルはキョロキョロと部屋の中を見回していく。

「どうかしましたか？」

「あぁ、エアブリンガーはどうしたかなと思ってな」

ルナリアの質問にハルが答えるが、その答えを聞いたルナリアは悲しそうな顔になる。

「あの、エアブリンガーはあのあと壊《こわ》れてしまいました……ごめんなさい」

シュンと肩を落とし謝罪するルナリアを見て、ハルは笑う。

「ははっ、いいんだよ。俺だって炎の魔剣を壊したからな。エアブリンガーのほうもルナリアの魔力に耐えられなかったんだろ？　でも、そのおかげで俺たちは勝てたわけだからな。よくやってくれたさ」

そう言ってハルはルナリアの頭を撫でる。

「さてと、いつまでも寝ているわけにはいかない。そろそろ起きよう」

「スープとサンドイッチを用意してありますので、食べて下さい！」

ルナリアはハルから離れると、近くのテーブルからそれらを運んでくる。

「そう言われてみれば、腹が空いてるな」

一週間も食べていなければ当然のことだったが、ハルはここにきて指摘《してき》されたことで改めて実感することとなる。

そこからハルは食事をとって、濡《ぬ》れタオルで身体を拭《ふ》いて、着替《きが》え、謁見の間へと向かう。

「うむ、元気なようで安心した。お前さんには本当に国に貢献《こうけん》してくれて助かった――ありがとう。お前さんらがいなければ国は滅《ほろ》びていたかもしれない」

王は立ち上がると深々と頭を下げた。

「あぁ、いや気にしなくていいさ」

「ふっ……ずいぶん謙虚《けんきょ》な英雄がいたものだ」

ニヤリと笑うと王も英雄という言葉を出してハルのことをからかおうとする。

「勘弁《かんべん》してくれ」

英雄なんて言われるのはごめんだとハルは苦笑《くしょう》する。

こんなやりとりができることも、魔王を倒したからこそだと全員がわかっており、自然と笑顔になっている。

「そんな英雄殿《えいゆうどの》に何か褒美《ほうび》をとらせたいのだが、何か希望のものはあるか？　なんでもいいぞ」

「それじゃあ、魔剣が欲《ほ》しい。二本な。属性が違うやつで、強ければ強いほどいい」

「ハルさん、そのことは私が先に伝えておきました！」

ルナリアが言うと、王の横に控《ひか》えていた騎士が二本の剣をもってハルのもとへとやってくる。

「ハル殿、この度《たび》は本当にありがとうございました。あなたのおかげで王と王妃を守ることができました」

彼は騎士団第一隊の隊長であり、自分が駆《か》けつけられないところで奮闘《ふんとう》してくれたハルたちに感謝をしていた。

「いやいや、まあ気にしないでくれ。剣はありがたくもらっておくよ」

そう言うとハルは腰《こし》に一本帯剣《たいけん》し、バッグに一本収納する。

「して、他に何か欲しいものはあるか？　剣は戦いで壊れてしまったものだから、必要経費だ。もちろん質の良いものを用意させたが、それでは褒美にはならん。何でも言ってくれ！」

「みなさん、遠慮しないで下さいね。お金でも、魔道具《まどうぐ》でも、他の武器でも、防具でもなんでも大丈夫ですから！」

王とエレーナに何か褒美を言えと言われて、ハルたちは考え込む。

「何かあるか？」

「うーん、わたしは特にないの」

「そうですねえ、何がいいでしょうか？」

「なあ、どうする？　俺はこの国にしばらくいてもいいと思うんだが」

「それいいの！　わたしもここを気に入っているの！」

「ここなら色々な依頼《いらい》が舞《ま》い込んできますし、まだまだ街を見ていないので、お店をまわったりもしたいです！」

「ふむ、そういうことなら……」

ハルたちの話を聞いて、王はエレーナに耳打ちをする。

何をもらおうかという話から、今後の活動方針で盛り上がっていく。

「……なるほど、それはいい考えです！」

二人が盛り上がっていることに気づいたハルたちが王たちのことを見る。

「決めたぞ！　ハル、ルナリア、エミリ！　お前たちが住む家を用意しよう！　身の回りの世話をする使用人もつける！　うむうむ、そうとなればすぐに家を探さないとだな。エレーナ！」

「はい、大臣さんに相談してきますわ！」

王はハルたちが住む家をプレゼントすると決め、エレーナもそれに合わせて動き始めていく。

「えっ？」

「ええっと？」

「おうちなの？」

驚《おどろ》いている三人をよそに話は動いていき、一週間もしないうちに三人がこの国で暮らす家が用意されていく。

王たちに驚かされっぱなしのハルたちだったが、そのお返しをすることも忘れなかった。

ルナリアが故郷へと手紙を送り、エレーナの現在をルーナとミーナに伝える。

音信不通になっていた姉がまさか王妃になっているとは思わず、それを知った二人はすぐに国へとかけつけ、三姉妹が再会することとなった。

このあと、人獣王都グリムハイムを拠点《きょてん》としてハルたちは冒険者として名をはせ、色々と活躍《かつやく》していく。

いつしかランクも上がった三人のパーティを知らぬものはこの街にはいなくなった。

ハルは魔物の力を使う〝魔人〟という字《あざな》で呼ばれ、ルナリアは強大な魔力から尻尾《しっぽ》が増えて〝九尾〟という二つ名で、エルフのエミリは〝魔拳《まけん》〟と呼ばれることとなる。

そんな三人はSランク冒険者への道を歩むことになるが、それはまた、別の機会のお話。

あとがき

『才能《ギフト》がなくても冒険者になれますか？～ゼロから始まる『成長』チート～4巻』を手に取り、お読み頂き誠にありがとうございます。

今回はベヒーモスの素材を売るために新しい国、人獣王都グリムハイムにやってくるところから話が始まります。

今回の第一の見せ場はなんといっても、新しいパーティメンバーであるエミリの登場だと思います。

愛らしい少女である彼女も、ハル・ルナリアと同様に自分の力を満足に使えず、更には魔法が得意なエルフであるにもかかわらず魔法が使えないという致命的な欠陥を持っています。

しかし、呪いをハルが呪いを解き、魔法が使えなくても二人が認めてくれたことで自分に自信を持つことができるようになります。

力が使えないという、似たような状況にあった三人だからこそ互いのことを理解して、認め合うことができる。

そんな部分を書くことができたんじゃないかなあ、なんて思っています。

それ以降オークションの部分に手を入れて、後半部分に関してはほぼほぼ書き下ろしとなっております。

これまで培ってきた能力をハル、ルナリア、エミリが全力で発揮して強大な敵と戦う姿は一見の価値があると思います。是非お楽しみ頂ければ幸いです。

今回はオークション、新しい装備、新キャラの登場、特別な敵との戦いなど様々な要素が含まれております。

今まで多くの苦難を乗り越えて来た彼らの旅の集大成ともいえるような巻になっています。そして、彼らの物語がひと区切りになる巻にもなっています。

この物語は、報われなかった人物が諦めなかったことで認められる物語になっています。

能力がなく、馬鹿にされていたハル。

そんな彼が憧れの人に出会った子どもの頃に見た夢を諦めずに、学び続け、鍛え続け、貫き続けたことで、ついに彼にも他の人にはない特別な力が目覚める。

辛く苦しく、時には心が折れそうになる中で彼の全てが報われた瞬間。

冒険者になるという夢が叶い、その立場になってからも彼の努力、旅は続いていき、同じような立場の大事な仲間を得る。

そんなどんな人でもがんばればいつか報われる日が来ることをテーマにした物語です。


この話には、少しだけ自分自身を重ねている部分があります。

十年以上前に一度小説家を目指して、少しだけ執筆をしていましたが、途中で断念して、結果が出ることはありませんでした。

その後、年月が経過して『小説家になろう』に出会い、たくさんの作品を読み、自分でも書きたいと再び思う様になりました。

そこで自分が書いた作品を投稿して、書籍化という結果に至りました。

その結果に至っても、次を、また次を――と書き続けていくことで新たに本を出すことができています。

一つの結果になかなかたどり着けず、なんとか結果を出してそこにたどり着いてから、更に次の結果を目指して書き続ける。

そんな部分がどこかハルと似ているような部分があるのかな？　などと少し近い存在であるような思いを持っています。

その物語を区切りとなる形にまで書き続けることができて、とても幸いでした。


ここまで素晴らしいイラストを描いて頂いたｔｅｆｆｉｓｈさんにはとても感謝しています。ハル、ルナリアを中心に多くのキャラを描いて頂き、イラストを見られることも物語を執筆する大きな原動力になっていました。ありがとうございました。

また、出版・販売に関わって頂いた多くの関係者のみなさん、またお読みいただいた皆さまに感謝を述べてあとがきにしたいと思います。

コミカライズも連載中の
スナイパー英雄譚！
著／かたなかじ
イラスト／赤井てら
漫画：瀬菜モナコ
原作：かたなかじ
キャラクター原案：赤井てら
発売予定!!

魔眼と弾丸を使って
異世界をぶち抜く!
第8巻 2020年夏

超人級スナイパー、
異世界へ！
「コミックファイア」にて好評連載中!!
「魔眼と弾丸で
異世界をぶち抜く！」、
単行本第①巻 3月27日(金)発売!!
http://hobbyjapan.co.jp/comic/
漫画：瀬菜モナコ
原作：かたなかじ キャラクター原案：赤井てら

HJ NOVELS
HJN37-04

才能《ギフト》がなくても冒険者になれますか？ 4
～ゼロから始まる『成長』チート～

2020年4月22日　初版発行

著者――かたなかじ

発行者―松下大介
発行所―株式会社ホビージャパン
〒151-0053
東京都渋谷区代々木2-15-8
電話　03(5304)7604（編集）
03(5304)9112（営業）

印刷所――大日本印刷株式会社

装丁――BEE-PEE／株式会社エストール

ISBN978-4-7986-2197-5　C0076